JN099018

脳科学捜査官　真田夏希

ナスティ・パープル

鳴神響一

角川文庫
23257

目次

第一章　新　開

【1】

気候のよい時期だけに、舞岡《まいおか》の空も澄んだセルリアンブルーに輝いていた。

月曜日の朝、重い気持ちで、真田《さなだ》夏希《なつき》は家を出た。

いや、とくになにかがあったわけではない。

日本中の多くの勤め人と同じような気持ちだ。月曜日のつらさは勤めたものにしかわからないだろう。

明るいミントグリーンのアンサンブルは、自分の気持ちを引き立てようと身につけてきたものだった。

坂を下りて横浜《よこはま》市営地下鉄ブルーラインの舞岡駅に向かうときも、なんとなく気持ちが沈んでいる。

俗に言う五月病に近いものなのかもしれない。

だが、そんな気分は舞岡駅の階段を降りたところで吹っ飛んだ。

「いったい、なに……」

目の前にひろがる光景に、夏希はあ然とした。

改札口付近がお団子のように人が続いている。

券売機に長い列ができている。

この駅を利用し始めたのは病院勤めの頃からだ。一〇年くらいになるが、こんな光景を見るのはむろん初めてだ。

電車が停まっているのだろうか。

改札口の横に二〇代なかばの駅員が拡声器を手にして立っている。

「お客さまに申しあげます。現在、ＰＡＳＭＯやＳｕｉｃａなどの交通系ＩＣカードは使用できません。券売機で乗車券をお求めになってご利用ください。なお磁気定期券は使えます」

駅員は必死で声を張り上げている。

事情はよくわかった。

「どうして使えねぇんだよ。早く機械直せよ。おまえらの怠慢だろっ」

五〇代くらいのサラリーマン風の男が食ってかかった。

「申し訳ありません。当駅だけではなく、ブルーライン、グリーンラインとも全駅で使えないとのことです。また、ＪＲさんや私鉄さんでもおなじような現象が起きているようです。当駅ではどうしようもない状況でして……」

若い駅員は顔に汗を浮かべて必死で説明している。

が、男は耳を傾けようとしない。

「なんだとふざけやがってっ」

いきなり駅員の胸ぐらをつかもうとした。

夏希は男を制止しようと身がまえた。こんな場面には慣れていないが、警察手帳を提示すべきか。

だが、多くの人々が冷たい視線を向けていることに気づいたのか、男は暴力を思いとどまった。

「馬鹿野郎っ」

捨てゼリフを残して男はその場から去った。

みんなおとなしく券売機に並んでいるのに、どうして駅員に八つ当たりするのだろう。彼らになんの責任があるというのだ。ひどいカスハラだ。

しかし、地下鉄やJR、私鉄でもICカードが使えないなどということがあり得るのだろうか。少なくとも夏希が函館《はこだて》から首都圏に出てきてから、そんなことは一度も経験した覚えがない。

「現金なんて持ってないわよ。クレジットカードも使えないんでしょう？　どうしてくれるのよ」

淡いピンク色のスーツを着こなした白髪の女性が駅員に詰め寄ってきた。

「相済みません。ブルーラインでは横浜市交通局発行のハマエコカードしか使えませせん」

駅員はペコペコと頭を下げている。

「知ってるわよ。自分のところだけ儲《もう》けようと思ってんでしょ。ああムカつく」

女性は毒づくと踵《きびす》を返して階段のほうに歩み去った。

夏希はあきれた。外出するときには、たとえ三〇〇〇円でも現金を持って出ればいいのに……。キャッシュレス社会とはいえ、どこで現金が必要になるかはわからない。

「あの、ちょっと訊《き》きたいんだがね」

七〇過ぎの髪の真っ白な老人が駅員に声を掛けた。

「はい、なんでしょう」

駅員は無理な作り笑いを浮かべた。

「切符を買ってだね、降りるときにＰＡＳＭＯが使えたら、切符は払い戻してくれるのかね」

「いえ、それはできません」

申し訳なさそうに駅員は答えたが、改札口を通った乗車券で下車するのは当然のことだろう。

「おかしいじゃないかね。ＰＡＳＭＯは割引があるから利用してるんだ。そのＰＡＳＭＯを持っていて電車に乗っているのに割引がきかないなんて」

老人は口を尖《とが》らせた。

「申し訳ありませんが、このような場合の払い戻しは承っておりません」

恭敬そのものの態度で駅員は頭を下げた。

「いや、だからおかしいと言ってるんだ。理屈に合わんよ」

「ご迷惑をおかけします」

老人の言葉のほうがよほど理屈に合わない気がするが、駅員は深々と一礼した。

見たところ教育もありそうな老人だ。なんでそんな些細《ささい》なことで絡むのだろう。どこまで行くのか知らないが、割引といったって数十円の話だろう。

そうしたマナーの悪い人々を横目に、夏希は券売機に並んだ。

たまたま早く家を出てきたからよかったが、職場の科学捜査研究所に着くのは一五分くらい遅れるかもしれない。

なんだか運が悪い日なのではないかという不安が、ひそやかに夏希を襲っていた。

【2】

夏希が出勤して一〇分も経たないうちに内線電話が掛かってきた。

所長の山内豊《やまうちゆたか》警視がすぐ来るようにと言っている。

やはり嫌な予感は当たりそうだ。所長に呼ばれることは滅多にない。

あわてて所長室に行くと、制服姿の山内所長が机の上で手を組み背を伸ばして座っていた。

どことなくブルドッグに似た顔にはかすかな笑みが浮かんでいる。

かたわらには無表情の心理科長の中村一政《なかむらかずまさ》警部が立っていた。

中村はスーツが似合うが、刑事出身で目つきがよくない。

「おはようございます」

いささか緊張して夏希はあいさつした。

なにか失策でもしたのか。

「ああ、おはよう。忙しいところすまんね」

満面の笑みを浮かべているが、山内所長は老獪《ろうかい》な人物でなかなか本音を顔に表さない。この笑顔を素直に信用するわけにはいかない。

「いえ、なにかご用でしょうか」

夏希は警戒心を解かずに尋ねた。

「君の日頃の活躍は大いに賞賛されるべきものだ。我が科捜研にとって自慢できることだよ」

笑みを絶やさずに山内所長は賛辞を口にした。

「はぁ……」

いやに持ち上げるなぁと夏希は思わざるを得なかった。

世の中には「上げて落とす」という会話術もある。あるいは、褒められるなど、なんらかの好意を受けたことにより、相手に対して「なにかお返しをしなければならない」という心理になるのが人間である。社会心理学的には返報性の原理と呼ばれる。

「そんな君に新たな活躍の場が与えられることになった」

夏希の目を見つめて山内所長は張りのある声で言った。

「と言われますと？」

けげんな声が出た。異動なのか。だが、この科捜研以外に県警内に自分の居場所などあるとは思われない。

「警察法の改正により、四月一日から警察庁内に新たな部局が設けられた。サイバー警察局だ。知っているね？」

山内所長は夏希を確かめるような顔つきで訊いた。

「はい、いちおうは……」

夏希はぼんやりと答えた。

サイバー犯罪は急速にその件数が増え、狙われるインフラ等も広がっている。これらに対応するため、警察庁は組織改編に乗り出したとは聞いている。

山内所長が中村科長にあごをしゃくった。

「いままで、サイバー事案については警察庁内で生活安全局、警備局、情報通信局にまたがって処理されてきた。これからはサイバー警察局が一手に処理することになり、二〇一三年から一三の都道府県警に設けられていたサイバー攻撃特捜隊を指導することになる。また、情報通信局は廃止され、長官官房内に技術部門を設置して警察無線や業務のデジタル化を推進することとなった」

表情を変えずに中村科長は説明した。

「そのように聞いています」

夏希はどこかで読んでいたが、自分とはまったく無関係な話と考えていた。

「さらに、サイバー警察局の実働部隊とも言うべきサイバー特別捜査隊が設置された。実はこれは日本の警察組織の歴史のなかでもきわめて重大なできごとだ。なぜなら、警察庁職員が初めて捜査権限を持つに至ったからだ。戦前の国家警察への反省から警察庁は捜査権を持たず、皇宮護衛官を除いては、地方警察だけが捜査権を有するとされていた。しかし、警察法が改正されたことにより、国家公務員である警察庁職員が捜査できることになったのだ。重大なサイバー犯罪を直接捜査するサイバー特別捜査隊の設置は画期的と言っていい」

中村科長は淡々と話しているが、いくらか興奮しているようだ。頬がわずかに上気している。

「聞いています。とくに重大なサイバー犯罪を取り扱う部門ですね」

　まさかとは思うが……夏希は身がまえた。

「その通りだ。真田、君はサイバー特別捜査隊員に選ばれたのだ」

　山内所長はゆっくりとはっきり発声して信じられない言葉を口にした。

「はい？」

　夏希の声は裏返った。

「君は我が神奈川県警察を離れ、警察庁警察官の身分となる。つまり国家公務員となるのだ」

　山内所長の言葉は衝撃だった。

「あの……わたしはサイバー犯罪についてはまったくの素人です。なぜ、そのような……」

　夏希の声はかすれた。

　PCの基本ソフトウェアをふつうに使える程度の知識しか、夏希は持ってはいない。それこそ、警備部の小早川《こばやかわ》管理官にこそ、ふさわしい異動先ではないか。

「君に適性があると上が判断したからだろう」

　山内所長の言葉は歯切れが悪かった。

「上と言いますと」

「詳しいことはわからん。直接には警察庁長官官房人事課からの指示だ」

答えになっていないことを山内所長は口にした。

当然ながら人事課から指示は来るだろう。問題は誰がなぜ、夏希を神奈川県警から引っ張ったかと言うことにあるのだ。

「もしかすると、実質上は黒田《くろだ》刑事部長のご指示ですか」

黒田刑事部長は、夏希が神奈川県警初の心理分析官として採用された際に力を尽くしてくれた。夏希の能力を多くの面で評価してくれているらしい。

「いや、そういうことではない」

山内所長はあわてたように顔の前で手を振って言葉を継いだ。

「今回の人事に神奈川県警は無関係だ。警察庁内で実質的に決まったものだ」

どうやら黒田刑事部長の指示ではないようだ。

「わたしは科捜研にいて所長の下で働き続けたいのですが」

夏希にとっては真摯《しんし》な気持ちだった。

ただ、「所長の下」という部分は社交辞令だった。

「気持ちは嬉《うれ》しいが、この人事はすでに内定しているのだよ」

山内所長はなだめるような口調で言った。

「わたしはお返事していません。それに内示がありません」

本人を抜きにして異動が決まるなんてガマンできない。

「昨夜、真田のPCアドレスに内示のメールを送った」

中村科長の言葉に夏希は驚いた。

「ええっ、わたし見てません」

何時に送ってきたのだろう。朝はメールを見られずに家を出ることも少なくない。だいいち、中村科長がメールを送ってくることなどほとんどないのだ。

「夜の一〇時過ぎだ。たしかに送ったぞ」

中村科長は言葉に力を込めた。

その頃はリラックスモードで映画を見ていた。

急な用件は大抵スマホに来るから、朝はPCを立ち上げない日も珍しくない。

「とにかくわたしとしては寝耳に水です」

夏希は不満いっぱいに答えた。

「それでは、いま話しているのが内示と言うことになる」

平気な顔で山内所長はうそぶいた。

「では、お断りすることもできるんですね」

強気で夏希は言った。

「真田、断れるわけがないだろう」

険しい声で中村科長が言った。

「立場も勤務先も、勤務時間も変わるのに断れないなんて、そんなことがあっていいんでしょうか」

夏希は懸命にあらがった。

いままで築いてきた人間関係はどうなるというのだ。福島《ふくしま》捜査一課長をはじめ、上杉《うえすぎ》、佐竹《さたけ》。小早川、加藤《かとう》、石田《いしだ》、新しい仲間の沙羅《さら》……こころが通じ合える人々とともに仕事をしてゆけなくなる。

なによりも淋《さび》しいのは、いままでのように現場でアリシアと会えなくなることだ。警察庁には織田《おだ》がいるが、彼は警備局理事官だ。そうそう顔を合わせられるものではないだろう。

「真田はわかっていない。異動は本人の希望を前提とするものではないんだ」

中村科長は眉間《みけん》にしわを寄せて言葉を継いだ。

「警察の人事異動とはそうしたものだ。わたしだって、捜査一課からいきなりここへ異動させられたんだぞ。優秀な刑事たちを率いて最前線で捜査することに生きがいを感じていた。だが、専門知識もないのに、心理科長の職に持ってこられた。仕事の実態はほとんどが管理職としての事務処理だ。犯人を追うのが自分の人生だと思っていた。わたしがどんなに失望したかわかるか。やりがい生きがいをいきなり奪われたんだぞ」

珍しく中村科長が感情的な言葉を口にした。

彼がいつも無表情で無愛想でいる理由がわかった気がした。

「お気持ちは理解できますけど……」

夏希としては納得できない。自分は神奈川県警に採用になったのだ。

「しかしね、警察組織の一員である限りは、そうした異動は甘んじて受けなければいけない。心理科長の職だって、刑事部にいる警部クラスの誰かが引き受けなければならないんだ。そうでなければ、組織はまわっていかない」

平静な調子に戻った中村科長の言葉は正論だった。

仲間との別れを考えて、つい感情的になってしまった。

この異動を断ることは、すなわち警察を辞めることになる。夏希は心理分析官の仕事を辞めたくはなかった。

「サイバー特捜隊では、真田の能力を見込んですぐにも来てほしいそうだ。それであわただしい異動となったようだ。精鋭部隊に実力を見込まれているんだ。どうか応《こた》えてくれ」

山内所長は諭すように言った。

「わかりました」

言葉少なに夏希は承諾の意思を伝えた。

「そうか、納得してくれたかね」

山内所長はホッとしたようにうなずいた。

中村科長は無表情にあごを引いた。

「異動先は関東《かんとう》管区警察局ですか……さいたま市でしたよね」

夏希の声はさえなかった。

関東管区警察局は警察庁の地方組織としては最も大きく、茨城県警、栃木県警、群馬県警、埼玉県警、千葉県警、神奈川県警、新潟県警、山梨県警、長野県警、静岡県警の一〇県警の管轄範囲を超えた事案・事件の指導や監察に当たる。また、各関係機関との調整も担っている。

埼玉県さいたま市の中心地に置かれており、ＪＲさいたま新都心《しんとしん》駅近くにある、さいたま新都心合同庁舎2号館に入っていた。また、一部部署は霞《かすみ》が関《せき》に置かれている警察庁舎内に入っていた。

「遠いですかね……」

現実を考えると、夏希は通勤が不安になってきた。

「真田は舞岡だったな。さいたま新都心なら一時間半前後で着く」

さらりと中村科長は言った。

「調べてくださったんですか」

夏希は驚きの声を上げた。

「まぁな……」

中村科長にこんなに親切なところがあるとは意外だった。

「ありがとうございます。でも往復三時間以上ですね」

夏希は力なく言った。引っ越しを考えたほうがよいだろうか。

「だがな、サイバー特捜隊の大部分の部署は霞が関にある」

「そうなんですか」

「もし霞が関なら、舞岡から一時間くらいだ。住居の移転は必要ないだろう」

中村科長はしたり顔で言った。

「いろいろありがとうございます。それで、わたしはいつからサイバー特捜隊に行けばいいんですか」

「これから、霞が関に行ってくれ」

山内所長は言葉の意味とは裏腹にゆったりとした口調で言った。

「これからですか」

ずいぶんと性急な話ではないか。

「うん、できる限り迅速に登庁するようにとのサイバー特捜隊長からの指示だ」

あっさりと山内所長は言ってのけた。

「急な話ですし、中途半端な日付なんですね」

こころの準備もなにもあったものではないが、いまさら文句を言っても始まらない。

「こうした中途半端な日付の発令は警察庁では珍しくはないんだ」

中村科長は淡々と言った。

「形式上は明日《あした》からの異動と言うことになる。が、可能なら今日のうちに来てほしいとの話だ」

山内所長はわずかに笑みを浮かべた。

「霞が関ではどちらを訪ねればいいんですか」

夏希の問いに中村科長は一枚の名刺を渡した。

「霞ケ関の駅まで行ったら、この人に電話を入れろ」

名刺には「警察庁サイバー特別捜査隊　主任　警部補　五島雅史《ごとうまさふみ》」とあった。

「わかりました。支度をします」

「荷物はまとめておいてくれ。後で自宅あてに送っておく」

中村科長はさらに親切な言葉を口にした。

彼なりに、夏希の急な異動を気の毒に思ってくれているのかもしれない。

「よろしくお願いします」

「いろいろとご苦労だった。新天地での健闘を祈る」

山内所長は満面の笑みを浮かべてねぎらいの言葉を口にした。

「お世話になりました」

夏希は身体を折って正式な敬礼をした。

この科捜研を去るとの思いが夏希の胸に静かに湧き上がってきた。

【3】

霞ケ関の駅を降りてすぐ、夏希は五島警部補に電話を掛けた。

「はい、五島」

耳元で若々しい声が響いた。

「あの真田と申しますが」

「ああ、神奈川県警から見えた真田さんですね。いまどちらにいますか」

はつらつとした調子で五島は尋ねた。

「霞ヶ関駅のA2出口です」

「了解です。すぐに行きますんで、その場でお待ちくださいね」

迎えに来てくれるとはずいぶん親切だ。

電話を切った夏希は、目の前の二一階建ての巨大な中央合同庁舎第2号館を見上げた。

国家公安委員会と警察庁、総務省と消防庁、国土交通省と観光庁などがこの庁舎に収まっている。

警察無線、中央防災無線、消防無線の巨大なアンテナ塔やヘリポートが屋上にあるはずだが、真下からは見ることができない。

前回、ここへ来たのはいつのことだっただろうか。

あのときは織田が迎えに来てくれたのだった。

近づいて来た黒いスーツ姿の若い男が明るい声で訊《き》いた。

「真田さんですか?」

「五島さんですね、はじめまして」

夏希はとまどいつつも頭を下げた。

「お待たせしました。写真よりお若い雰囲気ですね」

五島はさわやかに笑った。

自分を迷いなく見つけたのは、顔写真をチェックしていたからなのだろう。警察組織なのだから、そのくらいのことはあたりまえだ。

卵形の顔で鼻筋が通っている。知的で明るい感じの五島に夏希はいくらかホッとした。

濃いめのブラウンに染めたちょっと長めの髪が似合っている。

年齢は三〇代前半か、警察官というよりは大手企業の若手のサラリーマンという雰囲気だ。

「クルマに乗りましょう」

目の前の桜田《さくらだ》通りに黒塗りの公用車が停まっている。

「は……?」

思わず間抜けな声が出た。

夏希の勤務先は目の前の庁舎ではないのだろうか。

まさか、さいたま新都心なのか。

夏希にしても五島にしても、階級は警部補である。公用車が使える身分ではない。

疑問は次々に湧いてきたが、質問は後にして夏希はとりあえず公用車の後部座席に乗り込んだ。

「お疲れさまです」

黒いスーツ姿の中年の運転手がちょっと振り返って声を掛けてきた。

「よろしくお願いします」

なんと言っていいかわからず、夏希は当たり障りのない答えを返した。

「こちらこそです」

運転手はかすかにうなずくと、静かにクルマを発進させた。

「あの……これからどこへ？」

「僕たちの職場ですよ」

「まさか、さいたま新都心ですか……」

恐る恐る夏希は訊いた。

「いえ、一〇分で参ります」

運転手が背中で答えた。

とすると、さいたま新都心まで行くわけではなさそうだ。

とりあえず夏希はホッとした。

「いやぁ、神奈川県警にその人ありと知られた真田分析官と一緒にお仕事できて本当に光栄ですよ」

隣の席で五島は調子のいい言葉を口にした。

「やめてください。大げさですよ」

顔の前で夏希は手を振った。

「そんなことはありませんよ。真田さんがどんな事件を解決してきたか、僕は詳しく勉強しているんです」

五島は声を弾ませた。

「まわりの人たちの力なんです」

夏希は身の縮まる思いだった。

解決したいくつかの事件はすべてまわりの捜査官たちに助けられたものだ。筋を読み違えたこともあるし、生命の危機をすんでのところで仲間に救ってもらったことも少なくない。

「謙虚だなぁ。ところで僕は警視庁の特別捜査官採用なんですよ」

五島は親しげな声で言った。

「じゃあ、わたしと同じですね」

夏希も五島に親しみを感じた。

「そうです。一昨年《おととし》、真田さんと同じく警部補で採用されました。もっとも、サイバー犯罪捜査官枠ですけどね」

なるほど、ITエンジニアは五島のイメージにぴったりだ。

「警視庁のサイバー犯罪捜査官は、情報分野の専門家から巡査部長や警部補として採用されるんでしたよね」

夏希の言葉に、五島はうなずいて口を開いた。

「警部補の場合には、高度情報処理技術者試験やこれに相当する資格を保有していて、かつ、民間など五年以上の有用な職歴を持つ者から採用されます。これは警視庁の基準ですが」

五島の口にした任用規程は心理捜査官とよく似ている。

サイバー犯罪捜査官のほうが歴史は古いが、警視庁は特別捜査官枠の心理捜査官を神奈川県警に先駆けて採用している。

自然科学の修士以上の学位を持ち、五年以上の職歴を持つ者は、警部補として採用される任用規程も同じだった。

夏希は精神科医として四年、臨床心理士として一年の経験があり、博士号を持っているのでこの規程に当てはまる。

「任用規程にあるのは、どんな資格なんですか」

五島の端整な顔を見ながら夏希は尋ねた。

「たとえば、国家資格ではITストラテジスト、システムアーキテクト、プロジェクトマネージャ、ネットワークスペシャリスト、データベーススペシャリスト、エンベデッドシステムスペシャリスト、システム監査技術者などですね」

情報処理技術者試験とは、そんなにもたくさんあるのか。夏希にはなにがなにやらさっぱりわからなかった。

「五島さんはどの資格をお持ちなんですか」

「システムアーキテクト、プロジェクトマネージャ、ネットワークスペシャリストの三つを持っています」

とくに誇るでもなく、淡々と五島は答えた。

「すごいですね。でも、わたしにはどんな資格なのかよくわかりません。たとえばシステムアーキテクトというのはどんな資格なんですか」

　素直な驚きとともに夏希は尋ねた。

「簡単に言うと、上級システムエンジニアの資格ですね。でも、資格を持っているだけではあまり意味がありません。実際にそうした専門知識を活用できるスキルがなくては」

　五島は歯を見せて笑った。

「まぁ、資格というのはそういうものかもしれませんね」

　医師資格を持っていても、実力を養うためには相当の経験が必要だ。

「クラウドサービスの《トーンマーク》に勤めていた頃の先輩や同僚にも、資格なんかなくても僕よりずっとすごい人がいました」

　まじめな顔で五島は答えた。

「五島さんはＩＴ系の会社にお勤めだったのですか」

「ええ、五年いました。おもにサーバーアーキテクチャの設計開発をしていました」

　詳しく説明してもらってもよくわからないだろう。とにかくネットワーク系のすぐれたエンジニアだったのに違いない。

「ところで、五島さんはハッカーなのですか」

夏希の問いに五島は静かにあごを引いた。

「ええ、ハッカーと呼ばれる人間の一人であることは間違いありません」

五島の声は自信に満ちていた。

ハッカーという言葉は誤解されて用いられている。

日本工業規格（ＪＩＳ）の定義によれば、「高度の技術をもった計算機のマニア」と「高度の技術をもった計算機のマニアであって、知識と手段を駆使して、保護された資源に権限をもたずにアクセスする人」がハッカーである。

サイバー犯罪者をハッカーと呼ぶのは間違いであり、善悪ともにハッカーと呼ばれている時代もあったための誤用である。現在では、悪意を持って他者のパソコンに侵入しデータを盗み出したり、破壊したりするなどの被害を与えるブラックハッカーは、クラッカーと呼ぶことが提唱されている。

ホワイトハッカー、あるいは単にハッカーと呼ばれるのは、この手のクラッカーからコンピューターやネットワークを守る技術者のことを指す言葉なのである。

「資格と言えば、真田さんは医師資格のほかに神経科学の博士号もお持ちなんですよね」

興味深げな顔で五島は訊《き》いた。

「ええ、でも、医師も資格があるだけではやっていけませんから。それに博士号だけでは食べていけません」

夏希は小さく笑った。

「なるほど、その通りですね。《トーンマーク》にも博士はゴロゴロいました」

釣られるように五島も笑った。

「それにしても、わたしのこといろいろご存じなんですね」

「真田さんがうちに見えると聞いて、ちょっと調べさせて頂きました」

五島は照れ笑いを浮かべた。

「あの……サイバー特捜隊は五島さんのようなサイバー問題のプロフェッショナルが集められている部署ですよね」

「ええ、基本はそうですね。僕のようなＩＴ技術者やハッカーがたくさんおります」

「そんなところに、自分が配属される理由がわかりません。わたしの職掌は心理分析官です」

朝から抱き続けている疑問を夏希は五島にぶつけた。

「いいえ、サイバー特捜隊は真田さんを必要としているのです」

きっぱりと五島は言い切った。

「でも……」

五島の口調に気圧《けお》されて夏希は黙ったが、納得できたわけではなかった。

クルマが静かに停まった。

「着きました」

運転手が振り返って告げた。

まわりは比較的新しいオフィスビルが建ち並んでいる。

せせこましい雰囲気はなく、ビルの間には空がひろがっている。

通りに整然と植えられた街路樹も美しい。

「ここはどこですか?」

「汐留《しおどめ》ですよ」

ひと言で答えて、五島はさっさとクルマから降りた。

夏希はあわてて後に続いた。

こんなところに警察庁の部局が存在するのだろうか。

目の前にそびえる十数階建てのオフィスビルへと五島は足早に進む。

建物内に入ると、大理石の壁に囲まれたフロアは広々としていて明るい。

白っぽいレザーソファがいくつも置かれているが、人影はなかった。

フロアの奥のほうには四連のエスカレーターが設けられていて、その入口には駅にあるような自動改札機が並んでいた。両脇にブルーの制服を着た民間警備員が立っている。

こんなオフィスビルのスタイルは、夏希もどこかで見たことがあった。だが、警察施設という雰囲気ではない。

「あ、これ真田さんのIDカードです。機械にかざしてください」

五島がネックストラップケースに入ったカードを渡した。

「ありがとうございます。このカードがないと入れないのですね」

夏希の言葉に五島が笑顔でうなずいた。

カードには「13A」と大きく記され、夏希の氏名が日本語とローマ字で記されていた。八桁《けた》のIDナンバーは付されているが、所属名や階級はおろか警察官であることを示すような文字は見当たらなかった。

「第一段階のセキュリティチェックですね。どのオフィスに入るのにも、このカードが必要です」

かるく微笑むと五島は自分のカードをかざして改札機のなかへと入っていった。

夏希も五島に倣って改札機を通り過ぎた。

エスカレーターで上がるとエレベーターホールだった。

五島はエレベーターの乗り場押しボタンの上にあるセンサーにＩＤカードをかざした。

エレベーターに乗ると、五島は最上階の一三階のボタンを押した。

あっという間にカゴは一三階に着いてドアが開いた。

この階には13Ａと13Ｂのふたつの入口がある。エレベーターホールはがらんとしていて、什器《じゅうき》も置かれていなかった。

「すみません。真田さん、スマホの電源切ってもらえますか」

「え？　電源ですか」

「はい、素朴ですが、重要なセキュリティ対策なんです」

自分のスマホの電源を切りながら五島は言った。

夏希もあわてて電源を落とした。

「ＳＤカードやＵＳＢメモリなどの記憶媒体はお持ちではないですか」

「はい、持っていません」

「内部への持ち込みはできないのでよろしくお願いします。デジタルカメラなども持ち込めません」

「わかりました」

セキュリティがずいぶんと厳重な施設である。

夏希はいささか緊張した。

五島は13Aの扉にIDカードをかざすと、かたわらのキーでなにやら打ち込み始めた。

「生体認証で入れるんですけど、真田さんはまだ登録してないんで……IDカードをここにかざしてください」

言われたとおりに夏希がカードをかざすと、五島はドアのかたわらにあるステンレスのボードを指さした。

「このカメラに顔の正面が映るように立ってください」

ボードの上部のレンズらしきものの前に夏希は顔の真ん中を向けた。

ピッと小さな音が鳴った。

スマホのロック解除と同じような仕組みがドアに内蔵されているようだ。

「続けて右手の人差し指を指紋認証のセンサーに押し当ててください」

平面ガラスのセンサーに指を当てるとふたたびピッという音が聞こえた。

目の前で扉がゆっくりと横に開いた。

「さぁ、ここが僕らの職場ですよ」

弾んだ声で五島は言った。

扉の向こうは人気《ひとけ》のない廊下だった。

右手に窓ガラスが続いて、陽光がさんさんと入って照明を欺くほどに明るい。

左手には扉がいくつも並んでいてナンバーが振ってあるが、室名表記はなかった。

五島は先に立ってゆっくりと歩き始めた。

6という番号だけが付された六番目の扉の前で、五島は立ち止まってＩＤカードをかざして指紋認証センサーに触れた。

ドアが静かに開いた。

「一度に一人ずつしか入れませんので、真田さんもカードと指紋認証をお願いします」

五島の言葉通りにするとドアは閉じず、夏希は室内に入れた。

一〇〇平米くらいはある広い部屋だった。

部屋の奥はずっとガラス窓でその手前にウッド調のパーティションでいくつものブースが作られている。

話し声は聞こえないが、かすかにキーボードを打つような音が聞こえてくる。

「申し訳ないのですが、スマホを預からせて頂きます」

「あ、はい」

夏希はスマホを渡した。

「出勤時にはスマホはこちらに入れて頂きます」

五島は、近くの壁際の台に置いてあった一二人用の貴重品ロッカーに夏希のスマホを入れて扉を閉めた。一区画は平面積がハガキくらいの小さなスペースとなっている。

「好きな四桁番号を入力してください」

五島が指さしたところのキーで、夏希は自分の誕生日を入力した。

ピーという音とともにロックが掛かった。

「ずいぶん厳重なんですね」

「まぁ、この部屋のなかにＷｉ‐Ｆｉなどの電波は飛んではいないんですが、外部からの万が一の電波侵入に備えています。このロッカーは電波を跳ね返す構造になっています。内部のスマホはメールも電話も受けられません。急な話で申し訳ありませんが、昼食時や退勤時にこの庁舎を離れるまではメール等をチェックすることは無理ですので、よろしくお願いします」

あっさりと五島は厄介なことを突きつけた。

「親族などが緊急時の電話をしたいときにはどこへ掛ければいいのでしょうか」

ふだんは急を要する連絡などないが、万が一という場合もありうる。

「そういった場合には警察庁の代表番号にお電話頂ければ、すぐに真田さんの席におつなぎできます。僕を含めて皆さん、それでなんとかやってますんで」

五島はやわらかくほほえんだ。

函館の両親や兄には、警察庁の番号を伝えておこう。

左手の奥のパーティションの上からは何本もの観葉植物の葉がのぞいている。

「あちらです」

奥へと進む五島のあとを夏希は追った。

パーティションの入口で立ち止まって五島は声を掛けた。

「五島です。真田さんをお連れしました」

「ああ、ご苦労さま」

パーティションの内側から聞こえた声には聞き覚えがあった。

夏希はドキドキしながら五島に続いて内側へと入った。

木製の大きな机の向こうで一人の長身の男が立ち上がった。

「え！」

男の顔を見た夏希の頭は混乱した。

ここにいるはずのない人間だった。


【4】


「織田さん？」

夏希の声ははっきりと裏返った。

「やぁ、お待ちしていましたよ」

ブルーグレーのスーツ姿の織田は、にこやかな笑みを浮かべて言った。

「まぁ、そこに掛けてください」

織田はブースの中央に置かれたレザーソファを指さすと、自分も歩み寄ってきた。

夏希はかるく一礼すると、ソファに腰を掛けた。

織田は正面に座ると、立ったままの五島に頼んだ。

「五島くん、すまないけど、横井《よこい》さん呼んでください。仕事が一段落したところで来てもらえばいいです。それからこっちへ戻るときにアイスコーヒーを四つ持ってきてくれないかな」

った。

以前、ジュリエンヌの事件で不安を抱えたときにも、頼りたいと思ったのは織田だった。

織田は数回デートした程度の関係だが、自分としてはただの友人以上の存在である。

なにげなく織田は言った。

「ちょっとご無沙汰《ぶさた》していますね」

五島は歯切れよく答えて立ち去った。

「了解です」


警察庁の機関であることは容易に想像できる。この形式的な答えで満足できるはず
「警察庁関東管区警察局サイバー特別捜査隊の汐留庁舎です」

もっとも基本的な質問を口にした。

「まず、ここはいったいどういう場所なんですか」

鷹揚《おうよう》な調子で織田は答えた。

「僕に答えられる内容でしたらなんなりと」

夏希は急《せ》き込むように言った。

「あの……わたし、質問が一ダースくらいあるんですけど……」

その織田とこうして面と向かって座っていると、どこか面はゆい。

はなかった。

「霞が関の中央合同庁舎第2号館でなく、どうしてこんな民間オフィスビルにあるのですか」

夏希は素朴な疑問をぶつけた。

「クラッカーの侵入を防ぐために、あらゆる警察機関の外に拠点を置きたかったのです。テロなどを警戒するためであることはおわかりでしょう。このように所在地を非公開として秘匿しているのは警察だけではありません。一例を挙げればJR東日本などでも東京総合指令室や、新幹線総合指令所などの住所を非公開としています」

「そうなんですか！」

夏希は少なからず驚かされた。

「ほかにも所在地を秘匿している機関はたくさんあります」

「厳重なテロ対策をとっているのですね」

織田は深くうなずいて説明を続けた。

「たとえば、警察庁のネットインフラはすべてつながっています。そればかりか合同庁舎内でWi-Fiも飛ばしている。クラッキングの危険性は少なくありません。ところが、ここの回線は警察庁や各都道府県警の回線とは完全に独立しています。もちろん建物内のほかのオフィスの回線ともつながっていません。警察庁とは別の回線によって連携をとっていますが、こちらは捜査に使用する本回線とは独立しています。また、汐留庁舎内にはWi‐Fiは存在しません。すべてのコンピューターはケーブルLANでリンクされています。さらに、ネットセキュリティのための特別な対策を何重にも講じています。専門的な説明は避けますが、ここのネット環境はクラッカーに対して強固な防御力を有しています」

織田はゆっくりとした口調で説明した。

「技術的なことは詳しくはわかりませんが、すごく厳重なセキュリティなのですね。さっき携帯電話を没収されたときも驚きました」

夏希の言葉に織田は小さく笑い声を上げた。

「あははは、没収なんてしていませんよ。ちゃんとお返しします。あれは全国の自衛隊基地のマニュアルに倣ったものです。サイバーセキュリティに関しては、日本では防衛省と陸海空の自衛隊が優れています。外部ネットワークから隔絶しているクローズ系とインターネットに接続しているオープン系に分かれています。基地では外部からのメールは端末で制限しているため、いまでも外部企業との一部の取引きではファックスが使われるそうです」

さり気ない笑顔で織田は言った。

「たしかに防衛機密が漏洩《ろうえい》したら、大変なことになりますね」

そうした知識のない夏希にも、その危険性は推察できた。

「ええ、国家的な危機を招くことになります。我々も見習うべきところが多いです。でも、サイバー特捜隊では世界中のネットワーク内に巣くう不審な存在を監視し調査しなければなりませんので、防衛省や自衛隊のクローズ系のように内部だけで完結したネットワークを持っていては意味がありません。そこで、何重にも練り上げた徹底的なセキュリティを講じています」

織田の言葉は自信に満ちていた。

「クラッキングの危険性というのは、そんなに高いものなのですか」

たしかにマスメディアなどで時々報じられてはいるが、自分とはあまり関係のないことだと思っていたのも事実である。

「はい、そのためにサイバー特捜隊が設立されました。たとえば我が国の工場などの産業制御システムの二割以上がサイバー攻撃にさらされています」

「そんなに！」

「また、市民生活に直結するサイバー攻撃も増えるばかりです。このゴールデンウィーク中の四日にも、大手アパレルチェーンの《しまむら》のネットワークにサイバー攻撃が仕掛けられました。翌五日には全国のおよそ二二〇〇店舗でキャッシュレス決済が停止する事態になりました。まぁ、翌日には安全性を確認して復旧したんですが。多くの企業でこのレベルのことは日常茶飯事になってきています」

織田は淡々と話した。

「そんなことがあったのですか」

報道されていたのかもしれないが、夏希は知らなかった。

夏希は朝の舞岡駅の話をしようとしたが、織田は言葉を続けた。

「ほんの一例ですが、もっと恐ろしいサイバー攻撃についてお話ししましょう。昨年二月のことです。合衆国フロリダ州のオールズマー市で起きた事件です。水道局の制御システムがクラッキングされ、水酸化ナトリウムが通常添加されている一〇〇倍以上の分量に設定されたのです」

「水酸化ナトリウムは劇物ではないですか！」

夏希は身の毛がよだった。

「はい、一〇〇ｐｐｍが標準なのですが、一万一一〇〇ｐｐｍに引き上げられていました。一般に水道水には原水に含まれている濁質物などを凝集し、沈殿しやすくするためのポリ塩化アルミニウム、消毒するための次亜塩素酸ナトリウム。さらにpH値を調整するために水酸化ナトリウムを添加しています。水酸化ナトリウムは強アルカリですから、酸性の水を中和するために使われるのですね。もちろんごく微量ですが……」

「高濃度の水酸化ナトリウムは、皮膚や粘膜のタンパク質を分解して炎症を起こさせます。強酸よりも危険だと言われています」

化学熱傷はふつうのやけどより症状が重くなりやすいのだ。最初は気づかなくても、時間の経過に伴い皮膚の奥へと浸透してゆくので危険なのである。

「はい、別名苛性《かせい》ソーダとも呼ばれていますね。この場合のように一〇〇倍の水酸化ナトリウムが水道水に混入されると、嘔吐《おうと》、吐き気、下痢の症状を引き起こすそうです。幸いにも水道局の職員がすぐに異常に気づき、数値を戻したので大事には至りませんでした。この水道施設では業務効率化のためにチームビューアーと呼ばれるリモートアクセス用のソフトウェアを何台かのPCにインストールしていました。そのソフトウェアの脆弱性《ぜいじゃく》を衝《つ》いた攻撃でした。この施設では前年の一月にサポートの終了したOSを使っていました。犯人は見つからず、その動機もわかっていません。また、二〇二〇年四月にはイスラエルの下水処理施設や揚水施設、下水道の制御システムが同様のサイバー攻撃に遭っています。この場合にも被害は未然に防げました」

「健康被害が出なくてよかったですね」

「しかし、実害が出た例も少なくありません。同じ二〇二〇年の五月にホルムズ海峡に面したイランの主要港、シャヒド・ラジャイ港の港湾施設がサイバー攻撃を受けました。このときは船舶、トラック、貨物の流れをコントロールしているコンピューターがいっせいにクラッシュしたのです。その結果、水路と道路に大混乱が発生しました。実はほかにもこのようなクラッキングはいくつもの国で発生しています。我々も国家安全保障の問題として把握しています。米国の国土安全保障省の産業制御システムセキュリティ対策機関であるICS‐CERTが発表した数字によれば、二〇一四年の合衆国において重要インフラを狙ったサイバー攻撃は二四五件の報告があったそうです。さらにそのうち三三パーセントがエネルギー業界に対してのもので、二六パーセントは重要工業界に対するものだったそうです」

「まさに国家国民の安全に関わる課題ですね」

夏希の言葉に織田は大きくうなずいて言葉を続けた。

「もう一〇年以上も前から社会インフラの制御システムに対するさまざまなクラッキ

ングが発見されています。二〇一三年の話ですが合衆国ニューヨーク州のボウマン・アベニュー・ダムがイラン人のクラッカーのサイバー攻撃によって水門のコントロールが奪わせるという恐ろしい事件が発生しました。幸いこのときも事故は未然に防げ、イラン人のクラッカー集団は逮捕されました。このケースは合衆国に対する国家的な攻撃、あるいはその予行だったと言われています」

「合衆国に対するイランの攻撃なのですね」

「はい、ダムを狙う点などは国家に対する攻撃らしいとも言えます」

夏希の脳裏にあの天才美少女の可憐《かれん》な容貌《ようぼう》が鮮やかに蘇《よみがえ》った。

「龍造寺《りゅうぞうじ》ミーナちゃんを思い出しました」

いまはエストニアにいるミーナは元気に日々を過ごしているのだろうか。

「はい、彼女のような天才的頭脳を持った人間は世界には数多く存在するのです。たとえば、二〇一三年に佐賀県教育委員会が一三億円をかけて構築したＳＥＩ・ＮｅＴという教育情報サービスがあります。県内の各学校や校務、生徒の情報を一元管理するクラウドサービスです。二〇一六年このサービスと県立高校の校内サーバーに侵入して二一万件の個人情報を盗み出したのは、一七歳の高校生でした。もちろんよい行為ではありませんが、この高校生の能力を高く評価する声も多かったです。同じ年、合衆国では授業の合間に国防総省の公式サイトをハッキングした高校生が国防長官に表彰されました。国防総省は言うまでもなく陸軍、海軍、空軍、海兵隊、沿岸警備隊、宇宙軍を傘下に収める機関ですが、インターネットの先駆けであるAPRANET《アーパネット》を構築した組織でもあります」

「そんな機関が高校生によって侵入されただなんて」

だが、ミーナのようなギフテッドなら可能だろう。

「この高校生は単にシステムに侵入しただけで、それ以外の悪さをしたわけではありません。マニア心から自分の能力を誇りたかったようです。すぐれた子どもたちの能力がよいほうに使われれば、その頭脳は世界の多くの人に福音をもたらすでしょう。ですが、悪い方向に使われた場合にはたくさんの人々が危険に脅かされる事態を招きます」

織田は眉間《みけん》にしわを寄せた。

「そのような事態はなんとしても避けなければなりませんね」

夏希は言葉に力を込めた。

「たとえば合衆国の国防総省はその後、悪意によるクラッキングを受けています。二〇一八年一〇月には。国防総省のシステムから約三万人の個人データとクレジットカード番号が流出したのです。この犯人はいまだに判明していません」

「クラッキングを防ぐのはそんなにも難しいことなのですね」

夏希の問いに、織田は渋い顔でうなずいた。

「このときはクラッカーが職員の出張記録管理システム経由で侵入したのです。実は出張管理のシステムは国防総省本体ではなく、外部の委託業者が管理していました。そこに盲点があったわけです。我々はその反省から、サイバー特捜隊の中枢部としてこの汐留庁舎を設置しました。警察庁のあらゆるシステムとは独立したシステムを構築したわけです。警察庁の民間委託業者ともつながっていません」

「やはりここはサイバー特捜隊の中心なのですね」

夏希にもこの庁舎の性質がわかってきた。

「はい、汐留庁舎とは名ばかり、ここが中枢です。捜査情報を解析するために、ベクトル型のスーパーコンピューターも備えています。普通のコンピューターとは桁違《けたちが》いの演算能力を持ちます。このためのスペースも確保できています」

いくらか誇らしげに織田は言った。

「スーパーコンピューターというと一ラックでも五〇〇〇万円はするんじゃないんですか」

夏希は驚いて訊《き》いた。

「日本を代表する《富士》は一ラックで五〇〇〇万くらいですね。やや性能は劣りますが、最近は一〇〇〇万円程度の製品も市場に出始めています。クラッカーを突き止めるための大量のデータを比較にならないほどの高速で処理できます。いずれにしても、これだけの対応措置を警察庁内で準備することは不可能でした。また、このビルにサイバー特別捜査隊が存在することは外部には公開していません。それゆえ、不審者に狙われるおそれもきわめて小さくできるのです」

この汐留庁舎はサイバー特捜隊の秘密基地とも言えるわけだ。

「でも、人的侵入に対しては警備が手薄ですよね」

一階で民間の警備員を見たほかには、制服警官などはいなかった。

「そのような事態はあまり起きないものと想定しています。仮に物理的にここを襲撃しても得られるメリットは存在しないでしょう。クラッカーは庁舎そのものではなく、うちのシステムを狙うはずだからです。警察庁のＩＤカードを持っていない人は、このフロアに降りることもできません」

「そのようですね。13A、さらにこの6号室に入室するためには、生体認証が必要なのですね」

一階の自動改札機、エレベーター、13A、6号室と四重のセキュリティチェックが施されていた。部外者がここまで侵入するのはかなり困難だろう。

「その通りです。まぁ、いざとなればここにも体技に優れた警察官は何人も勤務していますので」

「全員がエンジニアというわけではないのですね」

なんとなく、ここには織田のようなキャリアと、五島のような専門技術者だけが在籍しているのだと思っていた。

「ええ、いろいろな仕事がありますので、機動隊出身者もいます」

「そうなんですか。ところでここは13Aという部屋のようですが、隣のスペースはどこが使っているのですか」

「はい、隣は本庁のサイバー警察局の汐留庁舎です」

「つまりワンフロアを警察庁が借り上げているわけですね」

「その通りです。このフロアには警察庁の人間しかおりません」

織田は静かにほほえんだ。

「それで……織田さんはどうしてここにいらっしゃるのですか」

肝心の質問を夏希は口にした。

「僕は四月一日付でサイバー特別捜査隊長に任命されました」

織田は気負いなく答えた。

「そうだったのですか！」

夏希は小さく叫んだ。

つまり、今日から織田が夏希の直属の上司であり、所属長になるというわけだ。

予想もしなかった日が訪れた。

「ご存じの通り、警察庁には生活安全局、警備局、情報通信局にまたがっていた重大サイバー事案を一括処理するためにサイバー警察局が設けられました。我がサイバー特別捜査隊は制度上は関東管区警察局のもとにありますが、実際にはサイバー警察局の直属です。そのトップを警視正級のキャリアから選ぶとなって、警備局理事官であった僕に白羽の矢が立ったというわけです。僕はもともと情報部局系統の人間ですから、まぁ、無理もないことと思います」

気負いなく織田は言った。

織田のサイバー特捜隊長就任はそれほど不思議な人事ではないのかもしれない。たしかに織田は情報処理の専門知識はないだろう。しかし、この組織が立ち向かうべき「国家安全保障の問題」に対する知識と理解は人並み外れているに違いない。

夏希はさらに重要な質問を重ねることにした。

「次に伺いたいのですが、わたしは心理分析官です。五島さんのようなサイバー捜査官ではありません。また、織田さんとは違って国家の安全保障についても素人です。それなのに、どうしてここに異動になったんですか」

いささか詰めるような口調になってしまったが、織田は穏やかな表情を崩さずに口を開いた。

「真田さんの優秀な能力が必要になったのです」

「どんな能力ですか」

「対話の力です」

織田は短く答えた。

「え……もしかすると、すでに事件が発生しているのですか」

夏希の声はかすれた。

【5】

「失礼します」

そのとき、パーティションの向こうから三〇代終わりくらいのチャコールグレーのスーツ姿の男が現れた。

「ああ、真田さんですよ」

さっそく織田が紹介してくれた。

「真田夏希と申します」

夏希は反射的に立ち上がって一礼した。

「よろしくお願いします。副隊長の横井です」

細い顔に目つきが鋭い。小早川よりは少し歳上か。秀才チックなところは小早川に似ているが、もっと男性的な雰囲気を持っている。どことなくカミソリのようなシャープさを感ずる容貌《ようぼう》だった。

「横井警視は警備局の課長補佐から異動になったんです。僕の後輩のなかではずば抜けて優秀な男ですよ」

織田がやんわりと紹介した。

この年齢で警視ということは間違いなくキャリア組である。

横井が織田の隣に座ったので、夏希も腰を下ろした。

「真田さんの力量は織田隊長から何度も伺っています。一緒にお仕事できて嬉《うれ》しいです」

　横井はにこりと笑った。

　笑うと別人のように人なつこい顔になると夏希は気づいた。

　さらに警視でありながら、警部補の自分に丁寧な言葉遣いをしていることに驚いた。

　警視正である織田を見習っているのかもしれない。

「はい、アイスコーヒー四つ、お待ちどおさまです」

　五島が背後から、プラカップのアイスコーヒーをグリーンの樹脂トレーに載せて運んできた。

「ああ、ありがとう」

　織田の言葉に笑顔で答えて、五島はプラカップとガムシロップやクリーム、プラスプーンをカフェテーブルの上に次々に置いた。

「五島くん、例のメッセージを真田さんに見せたいんだけど」

「わかりました」

　織田の言葉に、一度出て行った五島はすぐにタブレットを持って帰ってきた。

　五島はタブレットを織田の机に置いてあるＬＡＮのスイッチングハブにケーブルでつないだ。Ｗｉ‐Ｆｉの電波が飛んでいないということだが、こうした場合はやはり不便だ。

「君も座ってくれ」

「了解です。真田さん、失礼します」

五島は夏希の隣に腰を下ろした。

四人は思い思いにアイスコーヒーに口をつけた。

「横井さん、いまね、真田さんにどうしてここに異動させられたのかって問い詰められてたんだよ」

織田は冗談めかして情けなさそうな顔を作った。

「実はさっそく重大なサイバー犯罪を扱うことになりまして……一昨日《おととい》と昨日の大手都市銀行で発生したシステム障害はご存じですか」

横井は夏希の目を見ながら訊《き》いた。

「はい、たしかメガバンクでATMが使用できなくなったとか」

テレビでは単にシステム障害としか報道していなかった。

「その通りです。勤め人の昼休みに当たる一二時から一三時まで、都区内のシステムが停止してメガバンク三行のATMでの現金の引出しができなくなりました。ほかの金融機関のATMでも三行の口座からの引出しはできなくなりました。なかにはたびたびシステム障害を起こした銀行もあったのですが、三行同時には初めてのケースで大きな騒ぎになりました」

苦い顔で横井は言った。

「プログラムのバグなどではなかったのですか」

夏希は否定的な答えを予想しつつ尋ねた。

「はい、実はこのシステム障害は何者かによる犯行でした。昨日の朝九時ちょうどに、我々サイバー特捜隊に対して犯行声明とおぼしきメッセージが示されたのです」

五島からタブレットを受け取った横井は何度かタップして表示された画面を夏希に提示した。

――アンダーソン君。昨日の大手三行システム障害のために、ランチを食べ損ねた仲間はいないかね？　本日も昨日と同じく一二時から一時間、システムを止めてご覧に入れよう。ランチ代をキャッシュで支払うのなら事前に引出しておいたほうが賢明だ。君たちのレベルではわたしの攻撃をかわせまい。親愛なるサイバー特捜隊の実力をじっくりと拝見するよ。

エージェント・スミス

「これは……」

夏希は言葉を失った。これに似たメッセージは何度も見てきた。

「エージェント・スミスを名乗る犯人の予告通り、昨日も一二時から一時間にわたってシステム障害が発生しました。予告を実現したことでスミスが真犯人と考えざるを得なくなりました」

「たしかに、予告通りの結果を実現させたのですからね」

夏希はうならざるを得なかった。

「そうです。しかも、僕たちサイバー特別捜査隊に真っ向から挑戦しています」

織田の声には怒りがこもっていた。

「アンダーソン君とは誰のことでしょうか？」

夏希は意味がわからなかった。

「ハリウッド映画『マトリックス』シリーズで、キアヌ・リーブスが演じた主人公のことです。この映画では世界はコンピューターに支配されています。人々はコネクタでシステムとつながれ、仮想世界のマトリックスで人生を送っています。ところが、主人公は機械に支配された現実世界の救世主ネオであることを知らされ、人間の自由を支配するシステムと戦うのです」

織田の説明で思い出した。『マトリックス』はいつぞやDVDで見たことがある。部屋の本棚に置いてあったはずだ。

「ああ、むかしの映画ですね。見たことありますが、あんまりよく覚えていません」

正直、それほど興味を引かれなかった。

「エージェント・スミスはシステム側のプログラムなので、主人公をネオという救世主の名では認識していません。システムの奴隷であるトーマス・A・アンダーソンという名で呼びます。犯人は僕のことを指しているようです」

さらに不愉快そうな顔で織田は付け加えた。

「思い出しました。スミスって『マトリックス』に出てくるサングラスの人ですよね。同じ顔がずらっと並んでて、やたらと強い悪役ですよね」

おぼろな記憶から夏希は尋ねた。

「電脳空間マトリックスを守るために作られた人間型ソフトウェアエージェントという設定です。つまりはセキュリティプログラムですね。キアヌ・リーブスが演じたネオたちはマトリックスを破壊しようとしているわけですから、スミスはこれを守るためにネオたちと戦うわけです。これがなかなか手強《てごわ》いんですよ」

どこかおもしろそうに五島が言った。

「電脳世界では格闘技で戦ってましたよね。スミスはコワモテでしたよね」

夏希はあいまいな記憶を振り返って答えた。

「はい、あの服装や装備などは合衆国のシークレットサービス電気通信課をモデルにしています。映画でスミスはオーストラリアの俳優ヒューゴ・ウィーヴィングが演じました。ほかにも、エージェント・ジョーンズやブラウンなどがいます。スミスは三人のリーダー的存在なんですね。もっとも実在の人間ではないから、スミスたちはいくらでも増殖します。昨年公開された最新作の『マトリックス レザレクションズ』では合衆国の俳優で歌手のジョナサン・グロフが若き日のエージェント・スミスを演じています。最新作だけは僕はまだ見ていないですけど」

五島がなにげない調子で付け加えた。

夏希は最新作が作られていたことも知らなかった。

「クラッカーのくせにセキュリティプログラムを名乗るとは盗《ぬす》っ人《と》猛々しいですよ」

横井が鼻から息を吐いて憤慨の声を上げた。

たしかに映画の構成からすれば、我々警察こそスミスのような気もする。社会システムを守る立場に違いはない。

「それにしても本当にケンカを売るような挑発的な内容ですね」

夏希の言葉にうなずいて織田は口を開いた。

「幸いにもスミスはいまのところ、世間に対してはなんのメッセージも発信していません。もし特捜隊に挑戦しているかのような言葉を世間に出されれば、一般市民の間でうちに対する非難が噴き上がりかねません」

憂鬱《ゆううつ》そうに織田は言った。

「そうですね……」

夏希はそれだけしか言えなかった。

いかにも織田らしい心配だと夏希は感じた。

サイバー特捜隊の名前が報道されれば、混乱に巻き込まれた市民は矛先を向けてくるかもしれない。織田がもっとも大切にしている警察の権威に傷がつくだろう。

織田がいまどんな気持ちでいるのかは痛いほどわかった。

「このメッセージは霞が関の中央合同庁舎第2号館にあるうちのPCに送りつけられてきたものです。こちらでも受信できますので、リアルタイムに受信しました。暗号化されたVPNサーバーを介してトラフィックをルーティングし、いくつもの国のサーバーを経由しているなど、発信元を何重にも秘匿しています」

五島はメッセージを指さしながら言った。

「相手がIT技術に長《た》けていると、発信元は簡単には辿《たど》れないとほかの事件で教わりました」

この件ではいつも小早川が苦労している。

「素人がメールなど使えば、すぐに発信元は辿れるのですがね。SNSへの投稿なら、数時間で犯人に辿り着けます。ですが、クラッキングをするような連中は、そう簡単には尻尾《しっぽ》を出しません」

五島が顔をしかめた。

「サイバー攻撃の方法についても現在調査中ですが、スミスは大手三行のシステムのセキュリティホールに侵入して障害を起こさせたものと考えられます。たとえばＤｏｓ攻撃やＤＤｏｓ攻撃などを用いれば、システムに障害を起こさせることは意外と難しくありません」

眉間に縦じわを寄せて五島は言った。

「ごめんなさい。わたしそのＤｏｓ攻撃っていうのがわからないんです」

夏希はIT用語をほとんど知らない。

「サーバーやネットワークなどに侵入して莫大《ばくだい》なデータなどを送りつけ、リソースに過大な負荷を掛けて、その機能を停止させるサイバー攻撃の方法です。相手を直接に攻撃する方法をＤｏｓ攻撃と言い、無関係な第三者のＰＣを乗っ取って、無数のＰＣから攻撃する場合をＤＤｏｓ攻撃と言います。乗っ取られたＰＣは『踏み台』と呼ばれます」

五島は簡単に説明してくれた。

「つまり、グラスでお酒を飲んでいる人に、横から無理矢理バケツでお酒を飲ませるようなものですか。そうなると、もう飲めないですよね」

「はぁ、まぁ……ちょっと違いますが」

とまどいの顔で五島は答えた。

「さらにスミスは次の犯行を行いました。今朝、七時半から八時までの三〇分間、公共交通各社のＩＣカード、いわゆる交通系電子マネーのうちでＳｕｉｃａとＰＡＳＭＯの決済システムにクラッキングしてシステム障害を起こしたのです。ＩＣカードで支払いをしようとした通勤客などが自動改札機ではねられてあちこちの駅で混乱が起きました。けが人が出る恐れのあった駅もいくつか出たようです」

横井は唇をとがらせた。

「ああ、あれはそういうことだったんですね」

夏希は小さく叫んだ。

今朝の舞岡駅をありありと思い出した。

「真田さんも混乱に巻き込まれたんですね」

織田が身を乗り出した。

「はい、横浜地下鉄ブルーラインの舞岡駅でも同じ現象が起きていました。駅員さんに対して暴言を吐く人とかもいて、ちょっと大変な騒ぎになっていました。あれもスミスの仕業なんですね」

「はい、やはり予告がありました」

タブレットをタップして横井はふたたび夏希に見せた。

——アンダーソン君。明日《あした》の朝は通勤に注意したまえ。七時半から三〇分間、首都圏の各駅で混乱が起きるだろう。親愛なるサイバー特捜隊の諸君は、勤務に遅れないように早めに家を出ることだね。

エージェント・スミス

「うちのほうでも鉄道事業者、バス事業者各社と連携して、どんなサイバー攻撃があったかを調査しているところですが、やはり正確な予告をしている以上、スミスが犯人と考えるしかないです」

横井ははっきりと言った。

「過去にもこんな風にＳｕｉｃａなんかが使えなくなったことがありましたよね」

そんな報道を夏希も目にしたことがあった。

「サイバー攻撃によるものではありませんが、最近では二〇一九年二月にＪＲ新幹線の自動発券機が全国各地で利用できない障害、二〇二〇年二月と翌年の四月には全国のＪＲ窓口と指定席券売機でクレジットカードが使用できない障害、同じく二〇二一年一〇月にＡｐｐｌｅ ＰａｙのモバイルＳｕｉｃａとＰＡＳＭＯが一部のサービスで使用できないなどのシステム障害は起きています。これらの障害は、必ずしもＪＲの責任というわけではなく、クレジット会社やＡｐｐｌｅ Ｐａｙの問題でもあります」

どうやら横井や五島は、こうしたシステム障害を片っ端から記憶しているようだ。

「ＪＲだけでもトラブルがそんなにたくさんあっただなんて……わたしがたまたま被害に遭っていなかっただけなんですね。でも、いついかなるときにこういう事態に巻き込まれるかわかりませんね」

夏希は嘆き声を上げた。

「決済システムばかりでなく、いまや、世の中のあらゆるところでコンピューターシステムが用いられています。いつ自分がどんな被害に遭うのかは誰にも予想できませんね」

横井は苦笑いを浮かべた。

「一昨日《おととい》と昨日の銀行システムへのサイバー攻撃も、今朝のＳｕｉｃａやＰＡＳＭＯの決済システムへの攻撃も、一般市民は犯罪とは気づいていません。だが、これが我がサイバー特捜隊への挑戦だとスミスが世間に明示すればどういうことになるか……」

さっきと同じようなことを織田は苦しげに言った。

沈黙がブースを覆った。

「いままでの鮮やかなクラッキングから考えると、スミスが今後、我が国の重要なインフラに対してどのようなサイバー攻撃を仕掛けてくるか、大いに懸念されるところです」

横井は苦渋に満ちた顔で深く息を吐いた。

「エージェント・スミスは犯行予告メッセージを送り続けています。僕たち、サイバー特捜隊に対する挑戦状なのです。最後に送られてきたメッセージを見てください」

織田の言葉に従って横井がタブレットを掲げて見せた。

――アンダーソン君。わたしに尋ねたいことが多々あろう。なお、君たちへの挑戦はこれからが本番だ。このアドレスで、君たちサイバー特捜隊の泣き言を聞くのをお待ちしているよ。

エージェント・スミス

「これって……」

夏希は絶句した。と、同時に自分がここへ来た理由もすべて理解できた。

「もうおわかりでしょうけど、僕たちは真田さんの対話能力に大いに期待を掛けております。あなたたなら、スミスとの対話によってその正体に迫ることも、相手の動機、狙いもつかめるはずです。そのような対話力と分析力を持っている警察官は日本広しといえども真田さんしかいないのです」

織田は張りのある声で言った。

「買いかぶらないでください。わたしにはそんな力はありません」

こうした評価は、仲間の力と運のよさのおかげだ。評価だけが一人歩きしている。

「いいえ、織田隊長のお言葉は正しいと思います」

横井ははっきりと首を横に振った。

「そうです。僕たちみんなが、真田さんに期待しているのです」

五島の声は弾んだ。

期待されているのは悪いことではない。これからの仕事がやりやすくなる。

刑事部のあの芳賀《はが》管理官のように夏希の能力をまったく評価しない上司の下で働くのはやはりつらい。

夏希は少しだけ明るい気持ちになった。

「わかりました。できる限り努力してみます」

しっかりとした口調で夏希は答えた。

「よろしくお願いします」

織田は丁寧に頭を下げた。

「でも、今朝、科捜研に出勤したら、いきなり異動しろという命令を受けたのです。気持ちをなかなか切り替えられないのは仕方ないと思います。織田さん、もう少し早く教えてほしかったです」

夏希は素直な気持ちを織田にぶつけた。

「え……山内所長は今朝はじめて言ったんですか」

織田は大きく目を見開いた。

「はい、昨夜中村科長から内示のメールは届いていたようなのですが、わたしが読み落としていたので非常に驚きました」

あまりきつい口調にならないように夏希は言った。

「たしかに急いではいたのです。それに誰がサイバー特捜隊員のメンバーであるのかはできるだけ世間に公表しないようにしています。メディアを含めて顔出しをして名前を出すのは、原則としてわたし一人としています。なので、異動についても慎重な態勢をとっておりますし、本人へも直前にお知らせするようにしています。ですが、一昨日には真田さんの意思を伺うようにと神奈川県警の刑事部刑事総務課には伝えたはずなんですけど」

うろたえたように織田は早口で答えた。

「どこで止まっていたんでしょうね」

つい皮肉な口調が出てしまった。

「大変、申し訳ないです」

カフェテーブルに手をついて織田は深く頭を下げた。

「頭なんて下げないでください。わたしへの連絡が遅れたのは神奈川県警側の責任だとはっきりわかりました。それより、このメッセージのことですよね」

なんだか照れくさくなって夏希は話題をメッセージに変えた。

「ええ、なにか気づいたことがありますか」

顔を上げた織田は身を乗り出して訊《き》いた。

「文法的にもしっかりしていて語彙《ごい》も豊富です。また、文体には品があります。さらに独特の皮肉な言い回しにはどこかユーモアのセンスを感じさせます。このメッセージからは高度な教育を受けた優秀な頭脳をもつ人物が浮かんできますね。あくまでもこの三つのメッセージによるものですが」

夏希は素直なファースト・インプレッションを述べた。

「実は我々は、日本に社会的混乱を引き起こそうとしている外国組織の関与を疑っています。たとえば、中国、北朝鮮、ロシアなどの諸国家の情報機関が関与している可能性を追いかけています」

横井は難しい表情を見せた。

「そうだとしたら、外国組織に雇われている日本人が書いたものかもしれません」

夏希には日本人が書いた文章としか感じられなかった。

「たしかに翻訳ソフトなどを用いた文体ではありませんね」

　横井はかるくあごを引いた。

「最近は日本語に堪能《たんのう》な外国人も増えていますからね」

　五島がためらいがちに言い添えた。

　サイバー特捜隊では、あくまで外国人の線をメインに考えているようだ。

「あえて否定はしませんが、わたしにはネイティブの日本語に感じます」

　再度、夏希は自分の考えを繰り返した。

「いまの時点では日本人が書いたものと考えてみたらどうだろうか。仮に外国組織が関与していたとしても、メッセージを書いている人物が日本人である可能性を否定する必要はないと思う」

　やんわりと織田は折衷案を口にした。

「続いてエージェント・スミスという名乗りについてですが……」

　夏希は犯人が名乗っている名前に話題を振った。

「なにか気づきましたか」

　織田は声を弾ませた。

「たいしたことではありません。まず、エージェント・スミスが登場する『マトリックス』は、むかしの映画ですよね？」

夏希は誰に問うでもなく訊いた。

「第一作は一九九九年ですね。このときにスミスが登場しています。続編の『マトリックス リローデッド』が二〇〇三年、第三作の『マトリックス レボリューションズ』は五ヶ月後に公開されました。スミスはこれらの作品でも登場します。この三作のマトリックスは後のSF作品に多大な影響を与えました。昨年の二〇二一年に『マトリックス レザレクションズ』が一八年を経て公開されましたが、この作品は特殊な存在です。エージェント・スミスもいままでとは違う若き日の姿として登場します」

五島はタブレットを見ながら説明してくれた。

「これがエージェント・スミスです」

黒いサングラスを掛けたエージェント・スミスの写真を見せた。

いつか映画で見た、いかつい顔を思い出しながら、夏希は言葉を続けた。

「大きな影響を与えたとしても、やはり二〇年も前の作品ですよね。わたしは、スミスを名乗る人物はある程度年齢が高いのではないかと考えています。たとえば二〇代くらいの人が、エージェント・スミスを名乗ることには少し違和感があります。少なくとも極端に若い人ではないような気がします」

思ったままを夏希は口にした。

「なるほど、わたしの世代にとってはかなり重要な作品ですが、若い人はそんなに知らないかもしれないですね」

　横井は納得したようにうなずいた。

「創作などに携わっている人とかなら別かもしれませんけどね」

　五島も反対はしなかった。

「また、エージェント・スミスの実体がセキュリティプログラムであることにも意味があるような気がします。わたしは映画には明るくないので、それほど自信があるわけではないのですが」

「その意味がわかれば、犯人に迫ることができるかもしれませんね」

　織田は興味を引かれたようだ。

「わたしも『マトリックス』を見直してみようかと思います」

　スミスに迫っていきたいという思いに夏希はとらわれていた。

「真田さんの分析によれば、犯人は三〇代以上の教育のある優秀な人間でユーモアのセンスを持っていると言うことになりますね」

　夏希の言葉を織田は簡単にまとめた。

「少なくともメッセージを書いた人間は、そのような傾向を持っている可能性がありますね」

横井は慎重に修正を加えた。

「さて、真田さんにメッセージに返信してもらいましょうね」

織田は笑みを浮かべて言った。

「ところで、織田さん。わたしはいままでずっと、かもめ★百合《ゆり》の名で犯人にメッセージを送っていました。でも、これは神奈川県警心理分析官としての名前です。サイバー特別捜査隊としてメッセージを送るなら、この名前は使えませんか？」

夏希はどう考えていいのかわからなかった。

「今回はSNS等で世間に出すわけでもなく、犯人とのメールでの対話で使うわけです。僕の名前を使ってください。たとえば、サイバー特捜隊織田でいいのではないですか」

織田は笑顔で答えた。

異論はなかったが、ひとつだけ心配なことがあった。

「いままでの例では、犯人がわたしに興味を持ってプライベートな内容を尋ねてくることもありました。そうした場合に、どのような態度をとればよいでしょうか」

夏希の問いに織田は思案顔になった。

「相手が何者かわからない以上は、そうしたケースも考えられますねぇ」

織田は小さくうなった。

「これだけ能力の高い犯人です。神奈川県警におけるかもめ★百合の活躍については知っている可能性は否定できませんね」

横井は腕を組んだ。

「たしかに横井さんの言うとおりですね。プライベートな部分では、真田さんと僕が交代するという方法もありますが……」

織田は首をかしげて考え込んだ。

夏希は覚悟を決めたほうがいいと思った。

「わかりました。わたしはかもめ★百合を名乗ることにします。やはり織田さんの名前で対話を続けるのは無理があります。自分自身として犯人と対話したいと思います」

慣れているかもめ★百合で対話するのがいちばんではないかと、夏希の考えは変わっていた。

「真田さんがよろしければ、僕は反対しません」

織田は小さくうなずいた。

「では、かもめ★百合でいきます」

いつものように夏希は返信の文案を考え始めた。

「タブレットをお借りできますか」

「はい、どうぞ」

横井がタブレットを渡してくれた。

――エージェント・スミスさんへ　わたしはサイバー特別捜査隊のかもめ★百合と言います。あなたのお役に立てることがありませんか。なんでもお話しください。

かもめ★百合
「これでどうでしょうか」

夏希は織田にタブレットを手渡した。

いくら回数を重ねても、犯人との最初の接触はとても緊張する。

三人は、いっせいにタブレットをのぞき込んだ。

「最初はいつもこんな感じですね」

画面を見た織田は大きくうなずいた。

「よろしいですか」

「ええ、けっこうです。五島くん、このメッセージを警察庁の回線からエージェント・スミスあてに送ってください」

織田はタブレットを五島に渡した。

「了解です。返信が来たら、この部屋のPCに表示できるようにします」

五島は織田の机上にあるPCをなにやら操作すると、タブレットを手にして機敏に立ち去った。

それから夏希は織田と横井からサイバー特捜隊についての詳しい説明を受けた。この汐留庁舎にはおよそ二〇〇名のサイバー特捜隊員のうち、三〇名程度が勤務しているそうである。

本来は異動時に交付されるべき発令書は、明日《あした》にも届くとのことだった。夏希の正式な職名は警察庁主任・心理分析官となるとのことだった。

「ちなみに、ここでは一人一人の隊員がブースを持っています」

まわりを見まわしながら織田が言った。

「ブースというのは、こんなパーティションで区切られたスペースですね」

「そうです。広さは階級ではなく、それぞれの役職に応じて決めてあります。この6号室にはわたしのほか、五名が勤務しています。さらに一名。真田さんのブースも用意してあります」

「織田さんと同じ部屋なのですね」

「ええ、五島くんもこの部屋なので、慣れるまでは彼に面倒を見てもらってください」

「それにしても、ここには六人しかいないのにずいぶん広いですね」

「はい、全隊員のミィーティング・ルームも兼ねていますので」

一時間ほどしたときに、五島が息せき切って飛び込んできた。

「エージェント・スミスから返信がありましたっ」

大きく震えた五島の声が響いた。

夏希も織田も横井も机に集まった。

一七インチくらいの大きなノートPCが二台起《た》ち上げられている。

「左側のPCをみてください。警察庁全体の回線につながっています。右は汐留庁舎専用です」

五島がキーを叩《たた》くと、左側のPCでメーラーが起ち上がった。

——かもめ★百合さん、はじめまして。あなたのことはいささか存じ上げております。警察庁に異動になったとは存じませんでした。日本一優秀な心理分析官にお返事頂き光栄です。ご親切にご心配頂きありがとうございます。ですが、わたしはいまのところ、あなたの力を必要とはしていません。あなたは神経科学の博士号もお持ちの精神科医だったそうですね。臨床経験も豊富だとのこと。でも、僕はクライエントになる資格はなさそうです。精神状態はきわめて良好です。毎朝、ご飯も三杯食べていますよ。これから、なにかあったら、またお話しします。

エージェント・スミス

背中にぞっと寒気が走った。

「スミスはわたしの経歴を知っていますね」

夏希はかすれた声で言った。

「いままで真田さんの詳しい経歴は一度も報道されたことはないと思いますが」

織田は険しい顔つきになった。

「もちろんです。取材などされたことはありません。スミスはどうやってわたしの学歴や臨床経験を持つ精神科医だった経歴などを調べたのでしょうか」

言葉にしているだけでも肌が粟立《あわだ》つような恐ろしさを覚える。

「なにかのデータが漏出したのか……」

横井がうなり声を上げた。

「まずいな。まさかとは思うが」

五島が思案顔になった。

「どうしたはっきり言え」

きつい声で横井は五島をせかした。

「いえ、断言はできませんが、スミスが神奈川県警の人事データをクラッキングしているおそれがあります」

不安げな顔で五島は答えた。

「なんだと!」

横井が叫んだ。

夏希と織田は顔を見合わせた。

「警察庁でも都道府県警でも、人事データは特別の権限を持った者しか閲覧できませんがね」

織田の問いに五島は渋い顔で首を横に振った。

「そんなことはクラッカーには関係ありませんからね」

「たしかにそうですね……」

浮かない顔で織田は答えた。

「本人もそう言ってますし、さすがに真田さんの異動までは把握していないでしょう。クラッキングされたのは神奈川県警の可能性が高いですね」

横井は渋い顔で答えた。

「そうですね。神奈川県警の人事データに入って心理分析官を検索すれば、すぐに真田さんに辿《たど》り着きます。あれには保有している資格や過去の職歴が掲載されていますからね。僕にはログインする資格はありませんが……」

五島の言葉に夏希はふたたび背中に冷たいものが走った。

「とにかく真田さん、返信文を書いてください。返信操作は五島くんがやります」

織田が緊張した声で言った。

「わかりました」

夏希はキーボードに向かった。


――エージェント・スミスさんへ。お返事頂き嬉《うれ》しいです。ありがとうございます。わたしのことをご存じとは驚きました。どうぞよろしくお願いします。あなたの力になりたいと思っています。本当にお役に立てないでしょうか？

かもめ★百合

すぐに返信があった。

——かもめ★百合さん、せっかくですが、先ほども申しましたように、あなたのお力は必要ないようです。いまのところ精神科医に助けてもらう必要はなさそうです。もし、食事がのどを通らなくなったり、眠れなくなったりしたら診察して頂きましょう。でも、お返事くださったので、わたしからもお返ししたいと思います。サイバー特別捜査隊にスペシャルなプレゼントを差し上げましょう。明日の朝、都区内の大手インフラにサイバー攻撃を掛けます。そうですね、午前九時から三〇分間でいかがでしょう。楽しみにしていてください。では、今日はこの辺で。

エージェント・スミス

「大手にインフラにサイバー攻撃……」
夏希は額に汗がにじむのを覚えた。
「これはやりますすね」

横井が鼻から息を吐いた。

「わたしのメッセージのせいでしょうか」

夏希は不安になった。

「いいえ、スミスは最初からやるつもりだったと思います。真田さんが責任を感じる必要はありません」

横井はきっぱりと言い切った。

「それならいいんですけど……」

「わたしも横井さんの言うとおりだと思います。スミスは毎日、首都圏のインフラにサイバー攻撃を掛け続けています。明日《あした》の予告ももともとの予定通りのことだと思います」

織田も横井に賛同してくれた。

それでも夏希には不安が残った。

「わたしが接してきた犯人はもっと感情的である場合が多かったのです。その点、スミスは感情を完全に覆い隠して、かつナチュラルに自己を演出する狡猾《こうかつ》さも備えているような気がします。それだけに、返信には難しさを感じます」

夏希は正直な気持ちを述べた。

「大丈夫です。真田さんのペースで返信してください」

力づよく織田は言った。

「わかりました」

夏希はふたたびキーボードに向かった。


——エージェント・スミスさんへ。お願いです。明日のサイバー攻撃を思いとどまって頂けないでしょうか。このままではあなたにお返事した、わたしがいけないと思われます。わたしの責任になってしまいます。どうかお願いします。

かもめ★百合

だが、いくら待っても返信はなかった。

「五島、スミスの発信元の追跡をしろ」

横井が厳しい声音で下命した。

「了解ですっ」

五島は足早に部屋から出ていた。

「真田さん、スミス本人が言っていたように今日はもう返信はないでしょう。ところで、今回の三通、とくに真田さんのメールに対する二通の返信はいままでの一方的な犯行予告メールとは若干トーンが違うようです。なにか気づいたことがありますか」

織田はやんわりと尋ねた。

「いままでの犯行予告で受けた印象が大きく変わることはありません」

夏希は受けた印象をそのまま話した。

「犯人は三〇代以上の教育のある優秀な人間でユーモアのセンスを持っているということですね」

夏希の目を見つめて織田は言った。

「はい、やはり品格のある言葉遣いで文法的にも正確です。ここまで言葉をきちんと使えるからには外国人とは考えられません。犯行予告メールとトーンが違うという織田隊長のご指摘には賛成です」

「丁寧語を使い始めましたね」

織田が夏希の顔を見ながら言った。

「はい、威圧的な雰囲気が薄くなり、言葉の上では紳士的な雰囲気を見せ始めています。表現されているユーモアもどこかはしゃいでいる気がします。その点から、スミスは他者に対してある程度の親和性を持っていると思います。もしかすると、かもめ

★百合が女性であることを意識してこのような文体を選んでいるのかもしれません。スミスを名乗っている人物が男性である可能性が見えてきました。もし女性であるとすれば、かなり狡猾なタイプだと思います」

慎重に言葉を選んだが、夏希はスミスは男性だと感じていた。

「やはり日本人なのですね」

ゆっくりと織田が念を押した。

「それは間違いないでしょう。これだけ日本語を巧みに操れる人物は国籍はともあれ、日本で生まれ育った人間としか思えません」

夏希は断言した。むしろ自分よりも日本語能力は高いかもしれない。

「そうですね。真田さんが対話してきた犯人のなかでも言語能力が高いほうだと感じますね」

織田はあごに手をやった。

「いままでの一方的な犯罪予告メールに比べて、文体もさらに落ち着いています。感情面での不安定さはまったく感じられないですね。あくまでもいまの時点での判断ですが、この手の犯人に見られがちな《反社会性パーソナリティ障害》の傾向は感じ取れません。《自己愛性パーソナリティ障害》についてはまだ判断できないです」

反社会性パーソナリティ障害は、社会規範や他人の権利や感情を軽視する人格障害である。欺瞞《ぎまん》行為を平然と行い、ときに暴力的行為に及ぶこともある。俗にサイコパスと同視されるが、この用語は学術的なものではなく、夏希は使うべきではないと考えている。

また、自己愛性パーソナリティ障害は、自己に対する過大な評価を抱き、注目や賞賛を他者に要求する。と同時に他者からの批判等については著しく傷つきやすい特徴を持つ人格障害である。

「なるほど、これが真田さんの分析の実力なんですね」

横井はしきりとうなずいている。

「大変、参考になります。知っての通り、我々は国家公務員として初めて捜査権を与えられました。是が非でもスミスを我が手で逮捕しなければなりません。そのためにはスミスがいったい何者であるかを解明することはきわめて重要な問題だと思います」

織田は真剣な表情で言った。

「真田さんの分析に期待したいですね」

夏希は横井の期待を聞いて、慎重に言葉を付け加えた。

「あくまでも現時点での分析です。スミスのこれからの行動よって、分析結果は変わってくる可能性があります。とくに反社会性パーソナリティ障害などの傾向は、今後、徐々に発現するかもしれません」

五島が戻ってきた。

「部下に解析を命じましたが、メールヘッダをちょっと追いかけただけでも頭を抱えていました。発信元については何重にも秘匿を重ねているようです」

眉間《みけん》にしわを寄せて五島は言った。

「これだけの手腕を持つクラッカーですからね。そう簡単に身元を明かすようなことはないでしょう」

織田は鷹揚《おうよう》な調子で答えた。

「ところで問題はスミスがどの大手インフラを狙っているかですね」

横井は腕組みをして鼻から息を吐いた。

「三〇分間というところに特徴がありそうですね」

織田があごに手をやって考え深げに言った。

「そうですね、たとえばオールズマー市の水道インフラへのサイバー攻撃などでは三〇分などという短時間で収束させることはできないでしょう」

横井もうなずいた。

「横井副隊長のおっしゃるとおりです。時刻を明示しているからには、自分の手で容易に収束できる。つまり、コントロール可能なものですね。銀行システムや公共交通ＩＣカードのような性質のものでしょう」

五島は早口に賛意を示した。

「なにを狙うのかわかれば、防御の方法も見つかるんだが、社会インフラと言っても無数にある。いったいなにを狙っているのか……」

横井は嘆き声を上げた。

このような状況に何度立ち会ったことか。

やはり、自分がサイバー特別捜査隊に異動させられたことは、やむを得なかったのかもしれない。今朝は理不尽さに怒りを覚えていたが、この状況では、自分が能力を発揮すべきだという気持ちが強くなってきた。

「スミスからの返信はないようですね」

織田が腕時計を見ながら言った。

「ええ、今日はもうないかもしれませんね」

そうあってほしいと夏希は願っていた。

しばらく待っても、スミスはなにも言ってこなかった。

ブースにはなごやかな雰囲気が戻ってきた。

「真田さんは自分の席でコレに目を通しておいてください」

横井がマチの入ったA4判くらいの封筒を手渡した。

受け取るとたくさんの書類が入っているようだ。

研修用の資料なのだろうか。

「これはなんですか?」

夏希は横井に向かって尋ねた。

「給与振込口座の指定書や通勤届、住居届など、異動時に必要な書類が入っています。一週間くらいのうちにわたしに提出してください。昼の逓送便で霞が関の総務担当に送ります」

中村科長の役割をここでは横井副隊長がこなしているようだ。

本庁との間には毎日逓送便が出ているらしい。

「わかりました」

「共済組合は変わりませんので、共済組合員証はそのまま使えます」

横井はにこやかに言った。

共済組合員証は一般の会社で言う健康保険証の役割も担っている。都道府県警察職員も警察庁職員も警察共済組合なので病院で出す組合員証は変わらないわけだ。公務員の共済組合はほかに年金事務や職員の福利厚生を担当している。

「真田さんの歓迎会をやりたいのですが、スミスの事件を解決できるまでは難しいです」

いきなり織田がのんきなことを言い出した。

「そんなのいいです」

夏希は驚いて顔の前で手を振った。

「この汐留庁舎では必要時以外にはミィーティングは行いません。ですが、明日《あした》の朝には全員にご紹介しますよ。顔を知ってもらいたいですからね」

織田が気遣わしげに言った。

「ありがとうございます。わたしもお世話になる皆さまにごあいさつはしたいです」

こんな会話をしていると、あらためて自分が神奈川県警を離れたのだなという気持ちがこみ上げてくる。

捜査本部などで知り合った多くの仲間たちは部署も違う。

それゆえ、別れの言葉も言えなかった。

科捜研のメンバーにさえ、山内所長と中村科長以外はロクにあいさつさえできなかったのだ。

警察の人事のあり方だと言われてしまえばそれまでだが、夏希はどこか理不尽なものを感じざるを得なかった。

「五島くん、真田さんをブースに案内してください」

織田が五島に声を掛けた。

「承知しました。ご案内しまーす」

警察官らしくない口調で五島は答えた。

夏希は織田と横井に一礼すると、渡された封筒を片手に五島のあとに続いた。

八メートルほど離れた場所で五島は立ち止まった。

「こちらですよ」

織田のブースの半分くらいだが、同じように木製のパーティションで囲まれている。

「きれいなブースですね」

夏希は驚きの声を上げた。

陽光の降り注ぐ窓際に白く清潔なデスクと、ペパーミント色のゆったりとしたオフィスチェアが置かれていた。机上の電話機の横には二台のノートＰＣが起ち上げられている。

かたわらにはちょっとした資料や荷物を収納できる白いスチールキャビネットも設《しつら》えられていた。

素っ気ない事務机が並んだ科捜研の執務環境から比べると雲泥万里の相違だ。

「右のＰＣは庁舎内専用のＬＡＮにつながっていてこの端末からはネットには入れません。左はネットにつながっていて警察庁の回線ともリンクしています。どちらもパスワードは必要ありません。出勤時に電源を入れて頂ければ勝手にデスクトップに入れます」

五島の言葉に夏希は驚きの声を上げた。

「え？　パスワード要らないのですか？」

これだけセキュリティに厳重な汐留庁舎なのに……。

「はい、基本的なソフトはすべてアプリケーションサーバーにあります。個別のＰＣに新たなソフトをインストールすることはできません。さらに、記憶媒体からデータを読み込むこともできない仕様です。また、入力した情報はすべてファイルサーバーで一括管理しています。ですから、個々のＰＣはいつでも工場出荷の状態にあります。パスワードで保護する必要がないのです」

さらりと五島は言った。

「そういう仕組みでしたか」

もちろんPCを私用で使うこともできないわけだ。

「ところで、観葉植物とかなにか置きたいものがあったら持ち込んでかまいませんから」

「そんなの置いていいんですか?」

夏希はふたたび驚いて訊《き》いた。

「ええ、電波を送受信する機器、SDカードなどの記憶媒体、音や匂いの出るもの以外ならOKです。ただし、業者の納品は一階渡しになります。大きいものを運ぶときは声かけてください。僕が手伝いますよ」

にこやかに五島は言った。

「ありがとうございます」

反射的に夏希は頭を下げていた。

「右隣が僕のブースです。どうぞよろしく」

五島はかるく片手を挙げると、ブースを出て行った。

科捜研とはずいぶん違う雰囲気だ。

隊長の織田が作り出しているのだろうか。警察組織としては異例なことが多い。

だが、こうしたリラックスした執務環境は、時として過酷な頭脳労働を強いられるサイバー特捜隊には必須《ひっす》だと思った。

もちろん夏希はこんな環境が嫌いなはずはない。

夏希は横井から渡された封筒から書類を取り出した。

今日ここで書けそうな書類も、自宅へ戻ってゆっくり仕上げたほうがよさそうなものもあった。とりあえず夏希は共済組合の支部変更届を書き始めた。

その後もスミスからのメールはないまま定刻を迎えた。

「真田さん、もうお帰りになってけっこうですよ」

織田がわざわざ顔を出して声を掛けてくれた。

「スミスの対応は大丈夫ですか」

明日の朝のサイバー攻撃を、スミスは予告しているのだ。

「僕たちが対応します。なにかあったら、携帯に連絡しますので」

せっかくの織田の気遣いなので、夏希は帰り支度をしてすぐに帰宅することにした。

もちろんスマホは受け取って庁舎の外に出た。

【6】

マップで調べると、ゆりかもめ（東京臨海新交通臨海線《りんかいしんこうつう》）の汐留駅が至近にあるが、JRの新橋《しんばし》駅は数分という位置なのでそこまで歩くことにした。

明るく整備された歩道沿いの高層ビルからは夕風が吹き下ろしてくる。

浜離宮恩賜《はまりきゆうおんし》庭園の向こうは東京湾の最奥部だが、潮の香りは感じられなかった。

上野《うえの》東京ラインで戸塚《とつか》駅は三五分くらいだった。慣れない環境で疲れたので、今日はグリーン車を奮発することにした。

だが、ホームでグリーン券を買って乗車位置まで来ると、けっこうな数の人が並んでいる。

平塚《ひらつか》行きの六号車の一階に、なんとか座ることができた。

品川《しながわ》駅からどっと人が乗り込んできた。もちろんほとんどの人が座れない。

いねむりしないようにスマホで音楽を聴きながら戸塚駅までの時間を過ごした。

考えてみると、帰宅時の東海道《とうかいどう》線は危険だ。

うっかりいねむりをすると小田原《おだわら》だ。電車によっては伊東《いとう》まで行ってしまう。

遅い時間には上り電車はないだろう。まさか温泉旅館に泊まるわけにもいかない。横浜からのブルーラインなら寝過ごしたところで湘南台《しょうなんだい》だ。タクシーを使ってもたいした距離ではない。

捜査の状況次第では遅くなることも多いだろう。

これからの通勤で注意しなければならないことだった。

戸塚駅隣接のショッピングモールでデリカテッセンをいくつか買って、舞岡の自分の部屋に戻ったのは午後七時前だった。

中村科長が送ってくれた科捜研に置いてあった荷物は当然ながら届いていなかった。

室内に入ってすぐに夏希のスマホが鳴動した。

液晶画面を見ると、五島からのショートメッセージ（SMS）だった。

ひと言「ここに口座開くと便利です」と書いてあって、URLが記入してあった。

リンク先を開くと「警視庁職員信用組合」というサイトだった。

トップには「当信用組合は、警視庁・警察庁・宮内庁・皇宮警察本部等の組合員のみなさまがご利用になれる金融機関です」と記されて制服警官の後ろ姿も載っている。

制帽の帯章が金線二本なのでこの男性は警視か警視正だ。

警部は金一本、警部補は紺一本が入っていて巡査部長以下には線は入っていない。

ちなみに警視長と警視監は金線二本のうち下の線が太線で、警視総監は太線二本となっている。紺色の線が入った制帽は制服とともに貸与されているが、夏希が身につける機会はほとんどない。

こんな金融機関があるとは知らなかった。神奈川県警職員用の金融機関はなかったような気がする。

口座を開けば便利らしいが、いまは詳しいことを知るエネルギーはなかった。夏希はそのままサイトを閉じた。

夏希はスマホから函館の両親と札幌《さっぽろ》の兄にダイレクトメッセージを送った。

勤務先が警察庁に変わったことと、勤務時間中は電話もメッセージも受けられないこと。緊急時は警察庁に電話するようにと伝えたのだ。

あれこれ訊かれるのが今夜はつらかったので。明日《あした》の夜に詳しい話を電話すると結んだ。母からは「頑張って！」と簡単な返事が来た。兄はすぐに返事をしない男なので、期待しなかった。

いつものように夏希は食事の前にバスタイムを楽しむことにした。

ここのところ《サンタ・マリア・ノヴェッラ》のザクロを気に入っていたのだが、今夜はちょっと気が変わった。

サニタリーの棚から取り出してきたのは《クナイプ》のネロリだった。ボトルではなく、一回ごとの分量が入っている五〇グラムの小袋を買ってあった。かなりメジャーなバスソルトなので入手しやすい。ドイツで一三〇年の歴史を持つハーバルブランドである。

ネロリはダイダイの花から得られる精油で《クナイプ》のサイトには「不安や緊張、ストレスでこわばった気持ちを包み込み、明るい気分へと導いてくれます」と効能が謳《うた》われている。

まさに今夜の気分にぴったりだった。とつぜん警察庁の精鋭部隊に飛び込まされ、神奈川県警に入ってからの仲間たちと離れることになった。

夏希はまさに「不安や緊張、ストレスでこわばった気持ち」のまっただ中にある。

浴槽の前に立って小袋を手に取る。この袋にはテディベアの写真の下に「Show me your smile　あしたも笑って」の白い文字が記されている。

このメッセージが好きだ。

《クナイプ》のメッセージバスソルトシリーズには七種類の香りがあるが、それぞれに異なるメッセージが書いてある。ライムミントなら「Summer is here　夏をひとりじめ」とある。ラベンダーなら「Take it easy　のんびりいこうよ」といった感じである。それぞれに楽しいが、夏希は「あしたも笑って」の言葉が大好きだった。

袋の口を切って浴槽の湯にソルトを落とし始める。きれいな透明オレンジのソルトが湯のなかでゆっくり溶けてゆく。

夏希は、オレンジ色が拡散されてゆくさまをぼーっと眺めていた。

柑橘《かんきつ》系のさわやかさとフローラル系の甘さがほどよくミックスされた香りがバスルームにひろがる。

シャワーをかるく浴びてからバスタブに入る。

身体の隅々までやわらかな温かさが伝わってきて、リラックスのときが始まる。

バスタイム用のオーディオにリモコンを向け、夏希はスラックキーギターのソロアルバムを流し始めた。

ハワイアン・ミュージックで用いられるが、ギターそのものの形のことではなく、チューニングと奏法の総称を指す。通常のチューニングより明るくやわらかい響きを持っていて、リラックスタイムにはぴったりだ。

二〇分くらい浸《つ》かっていると、昼間の疲れが徐々に湯のなかに消え去ってゆく。

やがて、夏希の心身はずいぶんとリペアされてきた。

湯から上がると、戸棚から皿を出して戸塚で買ってきたデリカテッセンを盛り付けた。

夏希には今夜もきちんと料理をするゆとりはなかった。

スペイン産ベジョータイベリコ豚のソテーと山形育ちのハンバーグで迷ったが、ハンバーグを選んだ。アスパラガスとベーコンのサラダ、さらに空豆の塩ゆでを並べた。

今夜はスペインの《バンダ アスール》を飲むことにした。スペイン北東部のリオハで産出される古い歴史を持つ赤ワインである。その名の通り、ラベルには青い帯がかたどられている。アーネスト・ヘミングウェイが愛したワインとしても知られている。サッカースペイン代表のオフィシャルワインでもある。

近年、いささか味わいが変わったという噂も聞くが、夏希はこのワインの味をそれほどよく知っているわけではなかった。

グラスに注ぐと紫がかったルビー色の鮮やかな輝きが美しい。

フルーティーな香りが高く、まろやかな味わいが口の中に広がる。

思ったよりもかるくてクセのない味はハンバーグとよく似合った。

美味《おい》しいお酒とともに食事を取っている間に、夏希の心身はかなり復旧してきた。

自宅のこの時間がなければ、勤めは続かないだろう。

食事を終えると、夏希のこころになんとも言えぬ淋《さび》しさがこみ上げてきた。

鑑識課の小川祐介《おがわゆうすけ》に電話して、いまの心情をぶちまけようかとも思った。休みの日など、夏希は無理してもアリシア（と小川）に会いに行こうと思っていた。小川にアリシアと再会できる機会を作ってもらうことも考えた。

だが、いまはまだ、そのときではないと夏希は思い直した。

織田からの連絡はないが、いま現在もサイバー特捜隊はスミスというネット上の強敵と戦い続けているのだ。

自分の感情を小川に訴えるのは、さすがに気が引けた。

夏希は半分ほど残った《バンダ アスール》のエア抜きをして冷蔵庫にしまった。

代わりにシェリー酒《ボデガス・トラディシオン》のフィノのボトルを取り出してグラスに注いだ。

あらためて『マトリックス』を見直すことにした。見たかったわけではないが、エージェント・スミスを名乗る犯人の気持ちを知るために無視するわけにはいかない。

素敵な素顔や親日家で知られるキアヌ・リーブス。若いときの姿はやはり魅力にあふれていた。

最初は謎に満ちていた物語は、ローレンス・フィッシュバーン演ずるモーフィアスによって徐々に明らかになる。

彼はネオに青と赤のカプセルを差し出して言う。青ならそのまま今の暮らしは変わらない。真実の世界を知りたければ赤い薬を飲め。ネオはためらいなく赤いカプセルを口にする。

そこから始まる荒廃した現実世界と仮想世界の間をネオは行き来しながら自由を求めて戦い続ける。何度も繰り広げられる派手なガンアクションのシーンは驚くほど迫力があった。

薬莢《やっきょう》の落ちる硬い金属音、大理石の壁が崩れる激しい破砕音も身体に効いた。

だが、それ以上に、地下鉄駅内で銃を捨てたあとの肉弾戦には肌が粟立った。

ネオが戦うのはエージェント・スミスだ。

仮想世界でのスミスは、パンチでコンクリートを砕くことができるほどのパワーを持ち、ネオは絶体絶命の危機に追いやられてしまう。

サイバー犯罪者のスミスが、なぜエージェント・スミスを名乗っているのかはわからないままで映画は終わった。仮想世界ではクラッカーであるネオのほうがよっぽどサイバー犯罪者にふさわしいのではないか。

だが、スミスを名乗る男は、エージェント・スミスのプログラムゆえの冷たさを身にまといたいと思っているのかもしれない。

ヒューゴ・ウィーヴィングが演ずるスミスが放つ冷たさは夏希にトラウマ級の恐怖感を与えた。

サングラス姿で「アンダーソンくん（Mr. Anderson.）」と無表情に呼びかけるスミスの声が夢に出てきそうだった。

せっかくバスタイムとお酒でリラックスしたのが台無しになってしまった。

これも仕事のうちなので、仕方がない。

せめて織田から連絡がないことを幸いとおもうしかない。

夏希はシェリーをグラスに注《つ》ぎ足した。

身体は疲れ切っているのに、なぜか目がさえてきてしまった。

もう一度しっかりと酔っ払いたかった。

風が出てきたのか、背後の林がざわざわと鳴り始めた。

すっかりおなじみとなったホトトギスの夜鳴きの声が聞こえてきた。

この舞岡の環境が夏希はやはり好きだった。

やすらかな気持ちを取り戻すために、夏希はグラスを呷《あお》った。

ベッドに入ると、昼間の疲れが出たのか、すぐに寝入ってしまった。

闇のなかから黒い友だちが駆け寄ってくる。

アリシアだ！
夏希はアリシアを迎え入れようとさっと屈《かが》むと両手をひろげた。
まっすぐにアリシアは夏希の胸に飛び込んできた。
その重量感が夏希にはたとえようもなく心地よかった。
「くううぅん」
アリシアは夏希の首のあたりに鼻先を何度もこすりつけた。
ぬくもりと匂いが夏希をあたたかく包んだ。
「アリシアっ」
夏希は無我夢中で黒い身体を抱きしめた。
アリシアは鼻からふんふんと何度も息を吐いて応《こた》えた。
「ずっと仲よしでいようね。これからも会おうね」
鼻先を離したアリシアは、つぶらな黒い目で夏希をじっとみつめた。
急に背中から深い喪失感が襲った。
次の瞬間、夏希は跳ね起きた。
いびつな月はすでに沈んでいる。
夏希は真っ暗な寝室で、しばらくアリシアのことを考えていた。

警察庁への異動で何よりもつらいのは彼女と会えないことかもしれない。

「キョッ、キョ、キョキョキョキョ」

遠くからホトトギスの夜鳴きが聞こえた。

横浜市立大学の舞岡キャンパスの方向だった。

初夏の訪れが感じられて、夏希は好きな声だった。

だが、今夜のホトトギスはことさらに淋しさを感じた。

ベッドの端に腰を掛けたまま、いつまでも放心したように夏希は窓の外を見つめていた。

ホトトギスがふたたび鳴いた。

夜明けにはまだ間があるのだった。

第二章　出　発

【1】

　翌朝は八時頃に出勤した。汐留庁舎はＪＲ新橋駅から三〇〇メートルほどなので、舞岡からの朝の通勤時間は戸塚駅乗り換えで一時間ほどだった。科捜研の頃と比べて十数分増えただけだが、電車の混雑には参った。

　今日はパープル色のパンツスーツを着てきた。

　ワードローブをひっくり返して、この季節に似合うと思って選んだ色だった。

　織田はお得意の淡いオリーブ系のスーツを着ていた。警察官でこの色を身につけている男性をほかに見たことはない。

夏希が顔を出すと、織田は6号室に全メンバーを集めてくれた。

総勢三三名で女性は一二名だった。全員がとても若く、ほとんどのメンバーが二〇代と思われる。なかには大学生と見間違えそうな男性も交ざっている。刑事部ではこんなに年齢層が低い組織はない。

織田がもっとも歳上ではないだろうか。横井は二番目だと思われる。下手をすると、夏希が三番目の年齢なのかもしれない。

男女とも頭脳明晰《めいせき》そのものという顔つきの人が多い。織田が言っていた機動隊出身者であろうか。筋骨隆々の隊員も数名いた。

さらに驚いたことにスーツ姿は織田、横井、五島のほか四人くらいしかいなかった。ほとんどのメンバーはカジュアルなスタイルである。たとえば、ダンガリーシャツにチノパンの男性やチュニックにスキニーデニムの女性といった感じである。とても、警察庁の一部局には見えなかった。

メンバーたちは誰もが興味深げに夏希の顔を見ている。

「昨日から我がサイバー特別捜査隊のメンバーに加わった真田夏希警部補です。神奈川県警初の心理分析官として大活躍していました。とくにネットを介した犯罪者との対話では力量を発揮し、いくつもの難事件を解決しています。本隊でもおおいに実力を発揮して頂きたいと思っています」

　織田の声は朗々と響いた。

「真田です。お仲間になれて嬉《うれ》しいです。サイバー犯罪についてはほとんど知識がありません。皆さまになにもかも教えて頂かなければなりません。お世話になることも多いかと思います。どうぞよろしくお願いします」

　夏希が深々とお辞儀すると、隊員たちも頭を下げた。

「ほかの隊員たちも警察庁のさまざまな部署や各都道府県警から集められています。現時点では我がサイバー特捜隊は寄せ集めの所帯ですが、憎むべきサイバー犯罪者と戦うために、日々こころをひとつに結束を固めていっています。真田さんも新しい仲間として力を尽くしてください」

　リーダーとしての織田の一面を垣間見る《かいまみ》気がした。

「皆さまに負けないように頑張っていきます」

　夏希が答えを返すと、一同から拍手が響いた。

　まずは悪くないスタートだと思った。

「一度に全員の名前を覚えるのは大変だろうから、出会った人のＩＤカードを見てください。そのときに『あなた誰ですか？』って訊《き》けばいいですから」

織田は奇妙な提案をしたが、その方法に従ってメンバーの名前はゆっくり覚えることにした。

自分のブースでしばらくスミスからのメッセージを読み返して考えていると、五島が顔を出した。

「もうすぐスミスの予告した九時です。織田隊長が呼んでいます」

織田のブースに顔を出すと、横井とふたりでソファに座っていた。

「あと一分で予告時刻ですね」

五島はタブレットを手にしている。

壁の掛け時計が九時ちょうどを指した。

もちろんこの部屋では何が起きるわけでもないはずだ。

静かな時間がしばらく続いた。

「ああ、これかっ」

四分ほどして五島が叫んだ。

「なにがあったんだ」

横井が険しい声で訊いた。

「携帯電話の三大キャリアの電波が停まっているようです」

五島は眉《まゆ》をハの字にして弱り声を出した。

「なんだと！」

横井が叫んだ。

「そこが狙いだったか」

織田は天井を見上げている。

「いま大手SNSのツィンクルを見てるんですけど、PCからの投稿ばかりです。で、スマホが使えないとの文句が引きも切らずに飛び交っています。このタブレットは携帯電話網を使っていないので問題ないんですけど」

五島はタブレットをスクロールしながら言った。

個々人のスマホは誰もがロッカーに入れてあるので見ることができない。

「サンプルスマホを見てみよう」

織田が机の引出から三つのスマホ端末を取り出した。

「そんなのがあるんですか」

夏希は驚いて訊いた。

「なんの情報も入っていないスマホです。テスト用に置いてあります」

五島が織田から端末を受け取ってソファの上に置いた。

「ああ、三社ともアンテナ立ってないなぁ」

チェックした横井が嘆くような声で言った。

「テレビをつけてみよう」

織田が立ち上がって、壁際のキャビネットに置かれたテレビのスイッチを入れた。

適当にチャンネルを変えていると、バラエティ番組に速報の字幕が浮かび出た。

——携帯大手三キャリアにシステム障害、東京都内で九時過ぎから使用できない状態。

「間違いないな」

横井は低くうなった。

チャンネルを変えると、報道番組の映像が現れた。

番組内では渋谷《しぶや》の街が映っていて、通行人へのインタビューが流れている。

誰もがスマホが使えないと苦情を言っている。

「今回もスミスは、世間に対して何らメッセージを発信していないようですね」

テレビを覗《のぞ》き込んでいた横井が、安堵《あんど》のため息を漏らした。

「いまのところ、メガバンクや公共交通機関、さらには携帯各社がシステムをきちんと管理していないと、市民の怒りは本当は被害者であるその企業に向けられているはずです。ですが、我々への挑戦だとスミスが発信すれば矛先は、一気にサイバー特捜隊に向けられますからね。新組織を立ち上げるようなことまでしたのに、なぜ、国民を守れないんだという不満が噴出します」

織田は厳しい声音で言った。

そのとき織田の机上の電話が鳴った。

「はい、織田。うん、解決に向けて鋭意努力するって答えてかまわない」

織田は電話を切った。

「携帯各社から警察庁に対して救援要請が入りました。五島くん、どうかな？」

「ちょっと電話借ります」

五島は織田の机に進んで受話器をとると耳元に当てた。

「ああ、五島だけど、携帯各社へのクラッキングのこと知ってるね」

相手がなにか答えている。

「そう。三大キャリアから救援要請があったんで、さっそくハックしてください」

五島は受話器を置いた。

「部下たちも携帯停波の現状を知っています。実は三大キャリアについてはシステムの解析を以前から進めてあります。もちろん三社の要請を受けてのことです。そこで、三社のシステムにうちのほうからハッキングするよう指示しました」

夏希は驚いた。携帯キャリアからサイバー特捜隊にハッキング要請があるとは……。

「しかし、スミスがシステム障害だけを次々に起こして、それ以外の行動をとらないのは謎ですね」

横井は腕組みをした。

「うーん、スミスの真の動機はいったいなんだろうなぁ」

織田はソファの背もたれに寄りかかって嘆き声を上げた。

「これだけのクラッキング能力の高い人間ですから、自分の力を誇示したいんじゃないんですかね」

したり顔で五島は言った。

「五島くんは愉快犯だと言いたいのか」

織田は疑わしげな声を出した。

「その可能性もなきにしもあらずではないでしょうか。もし僕がスミスのような超絶的なクラッキングの力を持っていたら、自分の腕を試してみたくなります。思い通りにいけば大きな快感を覚えるかもしれませんね」

冗談ともそうでないとも判断のつかない口調で五島は言った。

「おいおい、サイバー特捜隊がサイバー犯罪やってどうするんだよ」

横井が苦笑した。

「そんな気になるかもしれないってことですよ」

五島はにやりと笑った。

「どうかな……国家的組織だとすれば、単に日本社会に混乱を生じさせるサイバー戦争の色彩がつよいんじゃないのか。つまり日本と日本人を混乱に陥れて困らせようとしている……あるいは日本のインフラシステムは不備だらけだと世界に喧伝《けんでん》しているのかもしれない。そうすれば、政治性のないクラッカーたちもいっせいに日本のインフラシステムを狙い始めるだろう」

横井は厳しい顔つきで答えた。

「ですが、仮に個人だとすれば、今後ランサムウェアを使って身代金を要求してくる可能性もありますね」

五島は考え深げに言った。

「たしかにランサム型だと世間には隠しているケースが多いな」

横井はうなずいた。

「ランサムウェアってなんですか?」

夏希はこの言葉も初めて聞いた。

「マルウェアという不正プログラムの一種です。これに感染したコンピューターは使用不能な状態に陥れられます。犯人は被害者に対して制限を解除してほしければ、ランサムつまり身代金を払えと要求するのです。身代金要求型ウイルスと呼ばれています。昨年の統計ですが、日本と欧米の企業や組織などのランサムウェアの平均感染率はなんと六八パーセントです。身代金を支払った組織等はそのうち五八パーセントにも及びます。日本でも五〇パーセントの企業等がランサムウェアの被害を受け、二〇パーセントは身代金を支払っているんですよ」

五島の言葉は夏希に新たな驚きを与えた。

「そんなに多くの企業や組織が被害に遭っているんですか!」

夏希の叫び声に五島は驚いてちょっと身を引いた。

「いまの数字はカリフォルニアに本社を置くパロアルトネットワークスという会社の調査統計ですが、世界のトップ二〇〇〇企業の七割以上が契約しているネットワークセキュリティベンダーなので、かなり信頼性は高いと思います」

したり顔で五島は言った。

「わたしたちはクラッキングに対してあまりにも知らないことが多すぎますね」

夏希は自分の不明を恥じるしかなかった。

「世界で最大級のランサムウェアグループについてちょっとお話ししましょう。まずはＣｏｎｔｉ《コンティ》というランサムウェアを用いるサイバー攻撃集団です。ロシアとの関わりが深いといわれるこの集団はマルウェアによる企業脅迫で、ここ一年半に一〇〇億円にあたる仮想通貨を奪い取りました」

「一〇〇億円ですって！　ちょっとした自治体の年間予算くらいあるじゃないですか」

夏希は二の句が継げなかった。

「はい、シンガポールのダークトレーサーという調査会社によると、世界で公表されたランサムウェア攻撃で被害を受けた企業の二〇パーセントに当たる八二四社がＣｏｎｔｉによる攻撃で被害を受けています。彼らは六四五という数の仮想通貨口座を巧みに利用して追跡を免れる方法をとっています。さらに大規模なのはＬｏｃｋＢｉｔ《ロックビット》と呼ばれるランサムウェアを用いる集団です。こちらは全被害企業の三八パーセントから身代金を巻き上げています。このランサムウェアは一分間に約二万五〇〇〇ファイルを暗号化する力を持っています」

「無数のファイルが、瞬時に読み取れなくなってしまうんですね」

五島は渋い顔つきでうなずいて言葉を続けた。

「警察が狙われたら大変なことになります。たくさんの捜査が行き詰まってしまうでしょう。まさか警察庁が身代金を払うわけにはいきません。たとえば医療機関や交通機関などを麻痺《まひ》させることも簡単にできてしまうのではないでしょうか。このふたつの犯罪集団で約六割です。しかし、ほかにも無数のマルウェア集団があって世界の企業は戦々恐々としています。ランサムウェア対策は攻撃発生後の対応では遅いのです。事前の対抗策をじゅうぶんに講じておく必要があるのです」

五島は慎重に言葉を結んだ
「でも、そのあたりはあまり報道されていませんね」

少なくとも夏希はあまりよく知らなかった。

「氷山の一角なのかもしれません。社会的に大きな影響を与えた事件以外は、あまり報道には出てきませんね。未然に防がれた事件などは秘密裏に処理されることも多いのでしょう。警察への通報や相談も一部に過ぎないのです。報道されると報復措置でまたやられると被害者は恐れるのですよ」

横井は気難しげに言葉を継いだ。

「報道された例ですが、直ちに生命に影響を与える病院へのクラッキングは深刻です。昨年暮れの読売《よみうり》新聞の報道によれば、墨田《すみだ》区の病床数七六五床を持つ大規模病院の墨《ぼく》東《とう》病院と、全国最大規模の精神科を持つ病院である世田谷《せたがや》区の松沢《まつざわ》病院のふたつの都立病院が国際的なクラッカー集団の標的にされたそうです」

病院が被害者と聞くと、夏希は冷静ではいられなくなる。

「なんて恐ろしい……電子カルテなど、たくさんの患者さんのデータがデジタル化されて保管されていますし、PCによって制御されている医療機器も数限りなく存在します。呼吸や心拍を司《つかさど》る機器もです。病院のシステムをハッキングされたら……」

夏希の声はかすれた。

「その通りです。よくある手口として、彼らは病院のシステムに侵入し、電子カルテやCT画像などのデータをランサムウェアによって暗号化して読み取れなくするのです。海外でも珍しくない手口です」

横井は淡々と説明したが、夏希の胸には怒りの炎がふつふつと燃え始めた。

「そんな……たとえば、ICUの医療機器をクラッキングされたら。脳外科、心臓外科、腫瘍《しゅよう》科……いいえ、どの診療科でも同じです。手術前後にそんなことをされたら。

いったいどんな事態になるか想像してください。それに電子カルテの投薬記録がなければ次、医師は患者への投薬さえできません」

　ありとあらゆる混乱や悲劇が夏希にも予想できた。

「素人でもわかります。そこで病院側は弱り切って身代金を払うのですよ」

　横井は淡々と答えた。

「卑劣ですよ。患者さんの生命を人質に取るなんてっ」

　夏希はきつい声で叫んでしまった。

「いまの墨東病院と松沢病院の件は、海外セキュリティ会社の情報を得た《医療ＩＳ《アイザ》ＡＣ《ツク》》という一般社団法人が東京都に対して通報したそうです。この団体は医療分野のサイバー安全対策を進めている組織です」

「そんな組織があるなんて……」

「医療事業者やＩＴ事業者が会員となっている団体です。行政の力では防ぎきれないのが現実の姿ですからね」

　横井は苦笑いを浮かべた。

「セキュリティ会社は国際クラッカー集団に属する攻撃者たちが使用するチャットを監視していました。そのなかでこの危険に気づいたのです。二病院の名前が出ているばかりか、複数の都立病院職員のメールアドレスが大量に掲載されていたのです」

五島の言葉は夏希を驚かせた。

「そんなことが！」

「東京都では二つの病院に対して警告しましたが、いまのところ被害は出ていません。読売新聞のこの報道によれば、二〇一六年からの二年間で一一府県の一一病院が現実にランサムウェアの被害に遭っています。医療機関へのランサムウェア攻撃は一般に地方の中小病院がターゲットでしたが、大きな病院も狙われ始めたようです」

「わたしはなにも知りませんでした」

夏希が臨床の現場にいた頃は、こんな話をあまり身近に聞いたことはなかった。いまや医療現場に対するサイバー犯罪の危機は差し迫ったもののようである。

「スミスのような技量を持つクラッカーに対して、我が国も欧米諸国も必要十分な対応をしてこなかったというのが正直なところです。重大インフラに対する過去の侵入事件についても狙われたPCは古いOSや管理ソフトを利用していたケースが少なくありません。さらにセキュリティソフトの利用に手落ちがあったり、人的なセキュリティ体制に欠陥があったりという指摘が少なくありません」

横井は険しい表情で言った。

「オールズマー市の水道のハッキングもそうでしたね」

「そうです。多くの場合、公的な組織でも民間でも予算不足でハードもソフトもアップデートできないケースが多いのです。そのために脆弱《ぜいじゃく》なＩＴシステムをやむなく使用している場合が少なくありません。医療機関についても同様の傾向が見られます」

自分が勤めていた総合病院でも医療機器の支払いに追われ、事務処理用のＰＣの買い換えが進んでいなかったことを思い出した。また、五島のように専門的技術を持ったシステム管理者がいるわけでもなく、外部の業者に丸投げ状態だった。クラッカーに狙われたらひとたまりもないだろう。

「スミスが身代金を要求し始めると厄介ですね」

黙って聞いていた織田の言葉に、部屋の空気が凍った。

「銀行、交通機関、携帯電話……スミスはどんな組織や機関をターゲットにするかわかりませんからね。病院だって狙うかもしれない。それに身代金の用意についても心配する必要が出てきます」

横井は眉間《みけん》にしわを寄せた。

「どこの機関だって高額の身代金を用意することは困難ですよ」

織田はゆううつそうに言った。

「ですが、受取のときに検挙するチャンスも出てきますがね」

横井は目を光らせた。

「一般の犯罪者なら横井副隊長のおっしゃる通りなんですけどねぇ」

やんわりと五島が異を唱えた。

「どういうことだよ」

横井が不機嫌な声を出した。

「いや、スミスのような大物のサイバー犯罪者は、身代金受取のときも最大限の注意を払うでしょうからね」

五島がしたり顔で言うと、横井はちょっと顔をしかめた。

「まぁ、いまのところ、スミスは身代金の要求はしていません。受取時の問題は、身代金の件が現実になってから検討しましょう」

なだめるように織田は言った。

織田の机上でアラームが鳴った。

「来ましたよっ」

五島がアラームの鳴ったPCへ早足に歩み寄った。

夏希もほかのふたりもPCへと近づいていった。

――かもめ★百合さん、おはようございます。今朝のプレゼントはもう受け取ってくれましたか。三〇分後にわたしの神の手で携帯大手三社の電波をもとに戻します。

エージェント・スミス

「言いたい放題だな。スミスの野郎」

横井が憎々しげに言った。

そのとき、ふたたび内線電話が鳴って織田が出た。

「そうかっ。よくやった！」

夏希たちは織田の次の言葉を待った。

「サンプルスマホを見てください。電波が戻ってるはずです」

織田は弾んだ声で言った。

横井がさっそくソファテーブルのスマホをチェックした。

「ははは、三社ともアンテナ三本立ってますよ」

液晶画面から顔を上げて朗らかに横井が言った。

「連中、さすがだなぁ」

五島は感心したような声を出した。

「いや、五島くんの舵取《かじと》りがいいんだよ」

横井も声を弾ませた。

「あの……どうして復旧したんですか……」

夏希はぼんやりとした声で訊《き》いた。

復旧できた仕組みをあまりよくわかっていなかった。

「さっきもちょっと言いましたが、三大キャリアからの要請により、事前にキャリアのシステムに侵入できる経路を作っておいたのです。救援要請があったので、我々は正当に各社のシステムをハッキングしました。しばらくチェックを続けるうちに部下たちはスミスが仕掛けたマルウェアを発見しました。そこでさっそくワクチンプログラムでマルウェアを駆除したってわけです」

五島の声は誇らしく響いた。

「そうなんですか！　五島さんのチームってすごいんでね」

夏希にも理解できた。

「真田さん、返信をお願いします。こちらの勝利については触れないでおきましょう。スミスをいたずらに刺激したくないですからね。僕の席のＰＣを使ってください」

織田が慎重な口調で命じた。

「了解です」

夏希は織田の席に座ってキーボードを叩《たた》いた。たいした呼びかけができるわけではないが、とにかくスミスとコミュニケーションを取らなければならない。


——エージェント・スミスさんへ。あなたの実力はよくわかりました。わたしにはなにができますか。わたしにできることがあったら、なんでもお話しください。

かもめ★百合

あえて、マルウェアの駆除には触れず、こんな当たり障りのない文章を送信した。

織田は静かにうなずいた。

五分も経たないうちに返信が来た。


——かもめ★百合さん、お返事ありがとう。わたしの実力についてはご理解頂けたでしょう。しかし、諸君がわたしの魔法をこんなに早く解いてしまうとは思いもしませんでした。今回はわたしの負けだね。でも、とくにあなたにお願いすることはありませんね。プレゼントをこれからも受け取ってください。そう、明日《あした》またなにかが起きます。どうぞよろしく。

エージェント・スミス

「また明日にもなにかを起こすっていうのか」

横井の声は不快な響きに満ちていた。

「なにをやるかわからないから、事前には防ぎようがないよなぁ」

五島が嘆き声を上げた。

「とにかく、五島くん。素晴らしい成果だ。ほんの一〇分ほどで敵の攻撃を無力化できたんだからな」

織田は五島を絶賛した。

「恐れ入ります。優秀な部下たちのおかげです」

五島は頬を紅潮させた。

「続けて、優秀な君たちのチームで発信元の特定をなんとかして進めてくれ」

織田は五島の肩をかるく叩いた。

「わかりました」

五島は張りのある声でうなずいてブースから出て行った。

夏希も横井もそれぞれ自分の部署に戻った。

気になって警察庁回線につながっているPCでネットニュースを時おりチェックしていたが、その後、世間ではなにごとも起きなかった。

スミスのメールの通り、次の犯行は明日のことなのだろうか。スミスはいままで事実と違うことは発信していない。しかし、だからと言って虚言癖がないとは断言できない。

夏希は西も東も分からない状態だった。

織田が妻木《つまき》という名の巡査部長に庁舎内を案内するように頼んでくれた。

「五島主任の部下の妻木麻美《あさみ》です。ご案内します」

にこやかに麻美はあいさつした。

「よろしくお願いします」

夏希は頭を下げて麻美の顔を見た。

麻美は二〇代後半だろうか。ほっそりとしたこぎれいな女性だった。ホワイトシャンブレーシャツをデニムの上に着ていた。

左右の瞳《ひとみ》が知性に輝いている感じだ。

「織田隊長も、横井副隊長も、五島主任も、昨日は皆さんが真田さんのことを口にしてました。というか、ほめまくってたって感じです、すごい方なんですね」

麻美は憧《あこが》れの目で夏希を見た。

「いや、それ、単なる買いかぶりですから」

夏希は照れるほかなかった。

「わたしも五島主任と一緒で、警視庁のサイバー犯罪特別捜査官で採用されたんです。それまでは証券系のある研究所で細かいプログラム開発をしてたんですけど」

たしかに麻美は大企業のエンジニアの雰囲気が似つかわしい。

「ITエンジニアの方こそすごいなって思います。たとえばプログラムのコードってわたしから見ると、ヘブライ語かセルビア語か、とにかく呪文《じゅもん》にしか見えないですから」

夏希の本音だった。

「脳の部位による機能の違いとか、全身の神経の役割の専門用語ほうが呪文ですよ」

麻美は声を立てて笑った。

いちばん驚いたことは、隊員であってもふだんは入室できない部屋があるということだった。たとえば五島の部下の解析チームには麻美など五人のメンバーがいるが、織田と横井の許可がなければ、ほかの者はこの部屋には入れない。当然ながら、重要な機密事項に関する情報収集と解析を行っているのだろう。

ブース形式で開放的な職場だと思っていたが、秘密を守るためには閉鎖的にせざるを得ない部分もあるのだろう。

だが、織田の許可があったので、夏希は五島チームの3号室も見学させてもらった。

五島も立ち合ってくれた。

夏希の部屋とは違って、各ブースは白いパーティションで区切られている。

すべてが同じ方向を向いていて、入口の側からはパーティションしか見えない。

反対側にまわると、五人のメンバーは全員背を向けてディスプレイに向かっている。

そのうちのひとりは五島だった。

各人が二五インチくらいの大型モニターを三台使っていた。

どのモニターにも細かい文字がずらっと並んでいて、めまいがしそうだった。

「あ、チーフ、わたしの机使ってる」

麻美が五島を指しておどけた声を出した。

チーム内で五島はチーフと呼ばれているようだ。

「えへへへ。お邪魔してます」

五島は締まりのない顔で笑った。

「もう、一時間一〇〇〇円の席チャージとりますよ」

わざとらしく麻美は頰をふくらませた。

「ここ五島さんの席じゃないんですか？」

とすると、この部屋には五島の席はないのだ。

「僕はふだんはここにいないので、折りたたみ椅子が自分の席なんですよ。ちょっと疲れたんで妻木さんの席借りてたんです」

五島は頭をかいた。

部屋の半分くらいはサーバーなのか、タンスのような大きさの黒いラックが何台も並んでいて実に物々しい雰囲気だった。

「隣の部屋にスーパーコンピューターがあります。操作はこの部屋からできるようになっています」

ドアが一枚だけ設けられた白いスチール壁を麻美は指さした。

この3号室は企業の電算室という雰囲気だった。

その後も麻美は庁舎内の案内を続けた。

驚いたことに7号室はリラックスできる休憩室だった。

色彩心理学的にも工夫されたインテリアがコーディネートされていた。

夏希が入室したときには誰もいなかったが、ソファやドリンク類の自販機などが置いてあり、たくさんの観葉植物が並んでいた。

「とても素敵な執務環境ですね」

廊下に出た夏希は素直な感心の声を出した。

「ええ、織田隊長と横井副隊長が中心になってインテリアとかの環境を、インテリアコーディネーターに相談しながらお考えになったんです」

麻美は明るい声で答えた。

「織田さん、センスいいですもんね」

初めて会ったときから夏希が抱き続けている織田に対する印象だった。

「スーツもいつも素敵ですよね」

いくぶん頬を上気させて麻美は答えた。

織田は上長としてだけではなくひとりの人間として愛されているようである。

「本当にそう。音楽の趣味なんかもいいんですよ」

うっかり夏希は余計なことを口にしてしまった。

「真田さんは織田隊長とのおつきあい長いんですか」

夏希の目を覗《のぞ》き込むように麻美は尋ねた。

一瞬、ドキッとした。だが、プライベートな時間をともにしたことを麻美が知っているはずはない。

「ええ、まぁ……織田さんは捜査本部にも顔を出すことが多かったですから」

無難な言葉を口にすると、麻美は納得したようにうなずいた。

「ああ、そうらしいですね。珍しい理事官だったって横井副隊長がおっしゃっていました。この職場は本当に過ごしやすいです。上下関係とかに余計な気を遣わないですむので、仕事に集中できます。わたし、ここに異動できてすごくラッキーです」

さわやかに麻美は笑った。

「隊員は皆さん、頭脳にすごく負荷の掛かる仕事をしているんでしょうね」

夏希には理解できないようなプログラム言語などを追いかける日々なのだろう。

「そうですね。頭がショートしそうになることが多いです」

麻美はわざとのように眉根を寄せた。

「やっぱりそうですよね。皆さんのお仕事はわたしの知らない世界です」

夏希の言葉に麻美は静かにほほえんだ。

「ざっとですけど、これでぜんぶの施設をまわれました」

「お時間を頂いてすみません。ありがとうございました」

夏希は丁重に礼を述べた。

「いいえ、お安いご用です。お話しできて楽しかったです。では、失礼します」

一礼すると、踵《きびす》を返して麻美は去っていった。

ちょうどお昼休みの時間となっていた。

朝からの激しい環境の変化に夏希はいささか疲れていた。

誰かを誘いたいという気持ちは起こらなかった。

近くのハンバーカーショップで夏希はひとりで昼食をとった。

自分のブースに戻って、昨日、横井から手渡された書類をすべて完成させた。

さらにスミス関連の資料に目を通していると、退勤時刻に近い午後五時をまわった。

「真田さん、すぐに僕のブースに来てください」

織田の声は緊迫していた。

夏希は自分のブースを飛び出して、織田のブースへと急いだ。

織田、横井、五島の三人がソファに座っていた。

「真田さん、スミスに迫ることができます」

輝かしい声で織田は言った。

「発信元が特定できたのですね」

夏希の声も弾んだ。

「まぁ、座ってください」

夏希は隣の空いているスペースに腰を下ろした。

「五島くんたちのチームが、メール発信者の何重もの秘匿をタマネギの皮を剝《は》がすように明らかにしていきました。ついにＩＰアドレスが割れ、スミスが使っている回線が判明しました」

にこやかに織田は言った。

「説明は避けますが、日本から一七の国を経由してまた日本に戻るという送信方法をとっていたのです。しかも、直接の発信元をアルメニア共和国と偽装していたのです」

五島はにこやかに言った。

「えっと、アルメニアって東欧系の国でしたよね」

夏希は場所すらあいまいな記憶しかない。

「旧ソ連ですね。ユーラシア大陸の南コーカサスに位置している国家です。かつてはＩＴ産業が発達しており、『ソ連のシリコンバレー』と呼ばれていました。が、そこに協力者がいるようです。が、スミスの根拠地は長野県です」

横井の説明は意外だった。

「長野県……」

夏希は犯人の根拠地は首都圏だと思い込んでいた。

「回線が割れたので、急きょ捜索差押許可状をとってプロバイダーに対し契約者の開示請求をしたところ、長野市の西に位置する小鍋《こなべ》という地域にあるアパートの住所を特定できました。契約者は李暁明《リーシャオミン》という名の中国籍の男性でした」

横井が説明を加えた。

「中国人ですか！」

夏希は思わず叫んだ。

「広州《こうしゅう》市出身の李は二七歳。もともとプログラマーで、国際信州《こくさいしんしゅう》学院大学理学部電子機械学科の留学生です。実は以前から公安がマークしていた人物です」

横井の目が光った。

「公安が……」

夏希は言葉を失った。

あまりにも意外な話だったからである。

「単なるクラッカーがわざわざ日本国内に拠点を持つというのは考えにくいです。海外からも日本へ向けてのクラッキングはできます。ほかにも目的があると考えるべきです。ですが、李は中国政府の工作員の疑いがあって、警視庁公安部が九ヶ月ほど監視し続けている人物です。その意味では日本国内に潜伏していてもまったく不自然ではありません。この情報を公安からもらうのには苦労しましたが、確実な話です」

横井は自信に満ちた調子で言った。

「しかし、いままでのメールの文章を見ると、わたしにはスミスは日本人としか思えないのですが……」

スミスが李暁明という中国人留学生だということは信じられなかった。

「この李がエージェント・スミスとして、メッセージを送っている人間であるかどうかはわかりません。根拠地にはすぐに長野県警のサイバー攻撃特別捜査隊に向かってもらいました。現在、彼らの住居には厳重な監視体制を敷いています。長野県警からの報告では、李の家には以前から二名の男性が同居しているようです。同居人のふたりについては、国籍も年齢も性別もわかりません。この三人のうちの誰かがスミスなのかもしれません」

横井はなだめるような口調で言った。

「そのアジトで、我々サイバー特捜隊が三人の身柄を確保するつもりです。実働部隊として捜査権を持つ我々が、身柄確保や逮捕を長野県警に任せるわけにはいきません。わたしは陣頭指揮を執りたいので一刻も早く李暁明の住居である長野市小鍋に駆けつけたい。で、調べてみると、北陸《ほくりく》新幹線で長野駅まで行くと約二時間強で着けます。クルマだと三時間強はかかる。そこで東京駅午後六時四〇分発のあさま625号長野行きに乗れば、長野駅には八時二五分に着きます。長野県警に駅まで迎えに来てもらえば、九時前には小鍋に着きます。僕は新幹線を使って臨場します」

織田は張りのある声で言った。

「横井さんはどうされるんですか」

「東京地裁に逮捕状と捜索差押許可状をとりに行ってもらってから、横井さんにはクルマで臨場してもらいます。身柄を移送する可能性もありますし、証拠品の一部を引き上げる必要もあるでしょうから」

織田の言葉に横井は張り切って答えた。

「すぐに疎明資料を作ります」

「よろしくお願いします……ところで真田さんには僕の秘書役として同行してもらいたいのです」

織田はサクッと言った。

まさか自分が臨場するとは思っていなかった。

「わたしが現地に行っても、なんのお役にも立てないと思いますが」

とまどいながら夏希は答えた。

「そんなことはありませんよ。スミスに尋問をする際に真田さんの力が役に立つはずです。メールとはいえ、スミスとの対話をしたのはあなただけなんですからね。ご足労だが、長野まで一緒に行ってください」

織田ははっきりと言った。

いままでとは違い、織田のこの言葉は夏希に対する命令だ。断るわけにはいかない。

「わかりました。お供致します」

夏希が実質的に織田の部下になった瞬間であるような気がした。

「よろしくお願いします。では、五島くん、きっぷの手配を頼む」

「はい、えきねっとですぐに予約取ります。織田隊長の公用クレジットカードを使います」

五島は足早にブースを去った。

織田と長野まで向かうのは、なんとなく楽しかった。

久しぶりにふたりでゆっくり話せる。

そんなことを言っている場合ではないのだが……。

「真田さん、六時にクルマを下のエントランスにまわします。それまでに準備をしておいてください」

織田はやわらかく命じた。

「了解です」

拝命する夏希の声はどこか弾んでいた。


【2】


公用車で東京駅八重洲《やえす》中央北口に着いたのは一八時二五分頃だった。

織田は指定席券売機にクレジットカードを挿入して、五島が手配してくれた新幹線の切符を受け取った。

エスカレーターで二二番線ホームに上ると、乗車予定のあさま625号長野行きはすでに入線していた。

アイボリーホワイトの車体に空色とカッパー色のラインが入った新しい車両だった。

「腹が減っては戦はできぬですよ。駅弁を買っていきましょう」

織田の誘いに夏希は大きくうなずいた。

「そうですね、向こうへ着く前にお腹がすいちゃいそうですね」

発車時刻は七分と迫っていたが、ちょっと先のホーム中央付近に弁当屋が見えた。

夏希は鶏《とり》と卵のそぼろ弁当を、織田はアサリの炊き込みご飯とアナゴの白焼きをメインとした深川《ふかがわ》めしとお茶を買って六号車に乗り込んだ。

ふたりはチケットを確かめながら真ん中あたりの左側の席に座った。窓際は織田が譲ってくれた。

「グリーン車じゃなくてすみません」

後から通路側に座った織田がわびた。

「わたしはグリーン車なんて乗り付けません。でも、ふたり掛けの席なのでよかったです」

ペットボトルのお茶を渡しながら夏希が言った。

「いまはネットで座席表の図面から席が取れますからね、五島くんだけにその点は抜かりはないですよ」

織田は小さく笑った。

車内は八割くらいの乗車率だった。ほとんどはスーツ姿でサラリーマンのようだった。社用での東京出張の帰りなのだろう。

発車ベルが鳴り、あさま625号は静かにホームを離れた。

終点の長野駅に着くのは八時二五分だ。しばらくはのんびりできるだろう。

もっとも汐留の横井たちから緊急連絡が入らなければという話だが。

「空がきれい」

赤羽付近で車窓から見える崖上《がけうえ》の残照が、オレンジから藍色《あいいろ》へのグラデーションを描いていた。

「もうすぐ暮れ落ちますね」

「ええ、大宮《おおみや》では真っ暗でしょうね」

「腹ごしらえといきましょうか。本当ならビールがほしいところですね」

楽しそうに織田は笑った。

「織田さんの言葉とも思えませんね。これから捜査なんですよ」

「いやいや、これは失言ですね」

織田はどこかはしゃいでいる。

エージェント・スミスに迫る昂揚《こうよう》感から来るものなのだろう。

刑事ではなく官僚だが、やはり織田も警察官なのだ。犯人に近づくにつれ感情が高ぶってくるのは警察官の習性だ。

夏希はいくらかはその気持ちがわかるようになってきた。

ふたりはそれぞれに弁当を平らげた。そぼろ弁当は予想していたよりも肉もたまごもふっくらとしていて美味《おい》しかった。

夏希はゴミを捨てながら歯磨きを済ませて席に戻った。

紫色の薄暮のなかドラッグストアやスーパーの灯りが車窓をよぎってゆく。

「なんだか久しぶりですね。真田さんとこうしてふたりになるのも」

織田はしんみりと言った。

「ほんとうですね」

そう言われてみれば、いつも誰かが織田と一緒にいた。まずは上杉。さらに小川だったり、小早川だったり、加藤や石田がそばにいることもあった。

「お互いいくつもの事件を抱えていかなきゃならなくて、仕事以外ではなかなか会えませんでしたからね」

「今日だってまさに仕事中の仕事ですからね」

「そうですよ。いまはいいですけど、長野県に入ったら最大限の緊張を保たなければなりませんからね」

「でも、少なくとも碓氷峠《うすいとうげ》トンネルを越えるまでゆっくりできますね」

汐留庁舎での夏希の緊張もやわらいでいる。

「真田さんと最後にふたりで会ったのはいつでしたか」

織田は過去を振り返るような顔つきで言った。

「鎌倉《かまくら》に誘って頂き蠟梅《ろうばい》を見たとき以来でしょうか」

夏希もあのデートをなつかしく思い出した。


——真田さんの個人的な時間を共有させて頂きたいのです。

あの日の夕べ。茜色《あかねいろ》に輝く美しい海辺で自分に与えられた織田の言葉がまざまざと蘇《よみがえ》った。

めまいを感じた。こころの中でうなずけという声が聞こえた。

——わたしたちはお互いを知らなすぎるんじゃないんでしょうか。

だが、夏希はあまりにも素っ気ない答えを返した。

それまで自分をさらけ出そうとはしなかった織田に対する夏希の答えだった。

ヤマアラシのジレンマ……。

体じゅうにたくさん鋭い針を持つヤマアラシ同士は仲よくしようとして近づくと、その針で相手を傷つけてしまう。親しく思って近づけば近づくほど、お互いに傷つくので近づけないというジレンマがふたりの間にはあったのだ。

そのジレンマはいまだに解決していないのではないか。

香里奈《かりな》の事件が解決したとき、織田は夏希に対して「もう一度よろしくね」というおかしな言葉を発した。上杉も同じだった。

あのときのふたりの言葉を、どのように解釈すべきか夏希は迷っていた。

夏希の思いは織田の言葉で破られた。

「そう言えば、あのときは葉山《はやま》の《ラ・マーレ》でせっかくディナーしたのに、外へ出たら石田さんに出っくわしましたね」

織田はなつかしそうな声を出した。

「そうそう。なんだかすごく若いギャルっぽい子を連れてましたね」

釣り込まれて夏希も笑った。

「あの女性とはさっさと別れちゃったみたいですね」

「そんなことも聞きました。織田さんってば、警察庁の研修の打ち合わせだとか言ってごまかしてましたよね」

「とっさに出たんですよ。なんだか気まずくてね」

実際には織田は気まずそうな顔などしていなかった。石田に対しては堂々たる態度を崩さなかった。

「どうしてですか」

「みんなの人気者の真田さんを一人占めしているところを見つかったわけですから」

恥ずかしそうに織田は笑った。

「あのときは根岸《ねぎし》分室に行くようにとご指示を頂きました」

科捜研を一時離れろと言われたときのとまどいの気持ちはいまも忘れない。

「そうでした。なにも上杉と組ませる必要はなかったな」

織田は小さく舌打ちした。

つよい友情で結ばれているくせに、織田は上杉とまだ張り合っている。

それは香里奈の事件が解決したいまでも大きくは変わっていないと夏希は思った。

「でも仕方がなかったんですよね」

「もちろん捜査の必要性から、真田さんに上杉のサポートをお願いしたかったんです」

「役に立てたかどうかは疑問ですが、自分にとってはいい勉強になりました。上杉さんのこともよくわかったし」

　上杉からはあの事件のときだけでもいくつものことを教わった。

「真田さんは、上杉とはあれからいろんな事件で関わる羽目になりましたよね」

　ちょっと唇をゆがめて織田は黙った。

「織田さんはずっと以前にわたしを警察庁に誘ってくださいましたよね」

　夏希は話題を転じた。

「もちろん忘れてはいませんよ」

「わたしにとって最初の事件が解決した頃でしたか。警察庁に来て一緒に反社会性パーソナリティ障害型テロリストの研究をしないかとお誘いくださいましたよね」

「はい、あっさり断られてしまいましたが……」

　織田は顔をしかめるように笑った。

「申し訳ないとは思っています」

　あの頃の夏希はとにかく新しい自分の仕事になじみたいと願っていた。

「でも、それでよかったのです。繰り返しになりますが、警察庁は戦前の国家警察の持っていた強権的な性格への反省から捜査には携わらないように組織されています。

捜査に携わることはできなかったのです。だから僕はアドバイザーという中途半端な立場で捜査本部に参加していました。あのときに真田さんが警察庁へ来ていたら、数々の現場で複雑な事件に出会うこともなかったはずです。神奈川県警にいたからこそ、いまの真田さんがあるんです」

織田は言葉に力を込めた。

「わたしもお言葉の通りだと思います。神奈川県警でたくさんの捜査本部に所属して事件を追い、犯人と対話し、ときに犯人と立ち向かわなければならなかったことはわたしにとって貴重な経験となりました」

夏希は数々の現場、たくさんの犯人たちを思い出していた。

それぞれの事件に対峙していたときの悩みや苦しみが蘇ってきた。

「そう、そんな経験が真田さんを、日本の警察組織のなかでもほかに誰一人としていない警察官に成長させたのです」

「大げさなことを言わないでください」

夏希は照れた。

「いいえ、決して大げさではありません。そしていま警察庁にサイバー特別捜査隊という実働部隊が生まれた。僕たちは捜査権限を持っているのです。戦後初の快挙です。

全国にまたがる重要なサイバー犯罪を捜査し、犯人を逮捕できるのです。真田さんには来てもらわなければならない」

輝くような声音で織田は言い放った。

「それで、今回、わたしをお呼びになったんですか？」

夏希を警察庁に呼んだのはやはり織田なのだろうか。

「僕の気持ちとしては結成時から来て頂きたかったのは事実です」

織田の言葉はどこか奥歯にものが挟《はさ》まったように聞こえた。

「でも、今回は驚きました。いきなり山内所長に警察庁へ行けって言われたんですから」

「その点は申し訳ないと思っています」

あらためて織田は謝った。

「できれば直接、もっと前に織田さんから異動のお話を伺いたかったです」

夏希の本音だった。仲間たちに別れも告げていない。

「僕もできればそうしたかったんです。ところが、今回の異動にはちょっと特殊な事情がありまして……」

織田は言葉を濁した。

「どんな事情ですか」

「今回、エージェント・スミスが犯行予告メッセージを送ってきました。それも僕たちサイバー特捜隊に挑戦するかたちです。実はこのような事態は警察庁の誰もが想像していなかったのです。至急、警察庁内部でスミスと対話できるような人物を探せという命令が下りてきました。ところが、そうした経験を持つ者は一人もいなかったのです。警察庁の職員で各都道府県警を動いている者は、ほとんどがキャリアです。たいていは本部の課長か管理官の経験しかありません。そのためか、面と向かって犯人と対峙《たいじ》した経験は誰にもありませんでした。もちろん、五島くんたちのような準キャリアの情報処理技術者はそんな経験はあるはずもない。科警研のなかにもいませんでした。真田さんを推挙する以外にとるべき道はなかったのです。何しろ時間的余裕がなかった。発令書も間に合わないくらいですから」

熱っぽい調子で織田はしゃべった。

「なるほど、そういう事情でしたか。つまり、エージェント・スミスのせいで、わたしは仲間たちと別れる羽目になったわけですね」

言葉に皮肉な調子が残ってしまった。

「そう言われると、一言もありません」

織田は肩を落とした。

「アリシアとだって、次にいつ会えるかわからないんですよ」

いちばん悲しいことだった。

あの目、あの鳴き声、あの仕草……毛並みや匂いともしばらくはお別れなのだ。

「どうにかしてアリシアと会えるような手段を講じたいですね」

織田の声は沈んだ。

「でも、そんな急な命令はどこから出ているのですか」

「長官官房の判断です。おそらくは官房長でしょう。この下命を果たさないわけにはいきません」

織田はちょっと顔をしかめた。

「わたしには想像もつかないような上層部の考えなのですね」

「はい、今回の事件はひとつ取り扱いを間違えると、どんな大問題に発展するかわかりません。可及的速やかに態勢を整えなければなりませんでした。真田さんへの連絡がギリギリになったのはそのような事情です」

織田は言い訳するように言った。

警察組織の一員である限り、夏希は一個の歯車に過ぎない。自分が警察組織にいれば、こうした無理ゲーにも応《こた》えていかなければならないのだ。

「わかりました。と言うことは、わたしにサイバー特捜隊の任務に適性がないと、上層部が判断すればお役御免になり、神奈川県警に戻れるのですよね」

夏希は冗談めかして言ったが、織田は青ざめた。

「やめてくださいよ。真田さんにはお持ちの能力を一〇〇パーセント、いや一二〇パーセント使って頂かないと。わたし自身のクビが飛びます」

まじめに織田は身震いした。

クビが飛ぶというのは更迭のことだ。辞職させられるわけではなく、別のポストに異動させられるだけだ。だが、夏希などとは違い、キャリア同期でも出世頭と言われる織田は、更迭などには堪えられないだろう。

「うふふ、冗談です。それにもうすぐ犯人の身柄を確保できるじゃないですか」

夏希としては、少しくらい織田をからかってみたかった。

「そうですね、スミス一味は、もう僕たちの手のうちですから」

織田はホッとしたように笑った。

【3】

そのときである。織田のスマホが振動した。

端末を耳にあてて織田は足早にデッキへと去った。

戻ってきた織田の顔色は変わっていた。

「どうかしたんですか？」

「スミスは新たな犯罪予告を警察庁に送りつけてきました」

織田は乾いた声で言った。

「どんな予告ですか」

「いま、五島くんに真田さんのメアドあてに送るよう指示しました」

織田の言葉が消えぬうちに夏希のスマホが振動した。

夏希はあわててスマホのメーラーを起《た》ち上げた。


──かもめ★百合くんへ。退屈だろうから、新たなゲームをやりましょう。今日の夜、東京航空交通管制部の管制システムに障害を起こします。明日《あした》の朝、午前六時までにＣｏｉｎｂａｓｅの次の［××××××××］の口座に、ＢＴＣ、ＥＴＨ、ＸＲＰのいずれかの仮想通貨で一〇〇万ドル相当の金額を振り込んでください。振込を確認した時点で障害を解除します。もし振込がなかった場合には、朝の羽田空港の出発便は飛べません。朝一番の出発便は六時一五分の新千歳《しんちとせ》行きと那覇《なは》行きですね。そのあとも続々と出発便が続きます。着陸にも支障が出ると思います。損害は一〇〇万ドルどころではないはずです。わたしが空脅しを言っていないことは、すでにおわかりのはずです。さらに、予行演習をしましょう。今夜の八時までに大手インフラにシステム障害を起こして、わたしの実力を証明して見せます。賢明なる警察庁と日本政府はわたしの要求を呑《の》む以外に方法はありません。さらに、もし今回の要求に応えない場合には、いままでのわたしの行為がすべて間抜けなサイバー特別捜査隊に対する挑戦であることをマスメディアに公表することにします。楽しみに待っていてください。ちなみにこのシステム障害の解除は特殊な方法を用いて行います。サイバー特捜隊の諸君の想定外のはずです。さっきのようなお手軽な方法は使えません。無駄な努力はなさらないほうがよろしいでしょう。

エージェント・スミス

「こんなことって……」

夏希はのどの奥でうめいた。

「やはり、スミスの狙いは身代金だったんだ」

織田の声は怒りに震えた。

「Ｃｏｉｎｂａｓｅ《コインベース》ってなんですか、それからＢＴＣ、ＥＴＨ、ＸＲＰもわかりません」

どれも夏希は聞いたことのない言葉だった。

「Ｃｏｉｎｂａｓｅはサンフランシスコに本社を置く世界一の暗号資産取引所です。世界一〇〇カ国以上で暗号資産の取引所サービスを提供しており、七〇〇〇万人近いユーザーがいるとされています。また、ＢＴＣはビットコイン、ＥＴＨはイーサリアム、ＸＲＰはリップルのことで、いずれも世界上位の取引数を誇る仮想通貨です」

織田にとっては常識のようだ。夏希は仮想通貨の仕組み自体がよくわかっていなかった。

「一〇〇万ドルというと一億円以上ですね」

夏希は深く息を吐いた。

「はい、円が下がっていますので、一億三〇〇〇万円くらいでしょう。ですが、管制システムに障害を起こされたら空港の業務は完全に麻痺《まひ》します。一時間ごとに数十億円の損害が発生するでしょう。スミスの言うとおり一〇〇万ドルなど安いものかもしれません。しかし……」

織田は言いよどんだ。

「どうしたんですか?」

「この犯行予告と脅迫メッセージはすでに長官も目を通しています。一時間以内には警察庁幹部と内閣、国土交通省、財務省のメンバーが集まって対策会議が始まるはずです。ですが、そこでの会議のようすは予想できます」

「どんな会議になるんですか」

「まず警察庁に対する非難の嵐でしょうね。スミスはいままで何度にもわたってサイバー特別捜査隊に犯行予告をしてきました。そのたびに我々は手をこまねいていることしかできなかった。なんのために警察法を改正し、戦後日本の警察のタブーを破って警察庁が捜査権を手に入れたのか。すべてが問われています。ですが、我々は今日まではかばかしい成果を上げることができなかった。長官もさぞかし肩身の狭い思いをすることでしょう」

悲しげに織田は言った。

「でも、サイバー特捜隊がスミスに対して捜査できた期間はわずかに四日間ですよ。逆に五島さんたちがこんなにも早くスミスのアジトを発見できたのは、信じられないほど優秀なことではないですか」

夏希はしぜんと声に力が入った。

サイバー特捜隊には非難されるべきことはなにもないと夏希は確信していた。

「おっしゃるとおりです。スミスはおそらくすべての犯行の準備を長い時間を掛けて整えていたのでしょう。サイバー特捜隊の設置が閣議決定されたのは一月二八日です。もしかすると、その報道を見たあたりから、我々をターゲットにして準備を始めたのかもしれません。そして、ここで一気に我々を攻めてきた。僕たちは最初から後手に回っているのです」

織田の声はさえなかった。

「それはスミスが悪知恵に長《た》けているからじゃないですか」

なだめるように夏希は言った。

「たしかにそうです。でも、現時点ではまだ我らの負けです。さらに、スミスの行為はあきらかに国家に対するテロ行為です。何度もお話ししていますが、『テロリストには屈しない。テロリストの要求には応えない』と、これが世界的な方針です。そう簡単に日本政府が一〇〇万ドルを負担するとは思えません」

「ワダヨシモリの無茶な要求は呑んだじゃないですか」

腹が立った。あの事件のときの上層部の判断はいったいなんだったのか。

夏希も織田も恥ずかしい思いをしたのだ。

「あの事件は不利益を被るのが警察官だけでしたからね。うがった見方をすれば、市民は娯楽を提供してもらったわけです。その意味でワダヨシモリはうまいところを衝《つ》いてきたわけです。ところが一億の税金をテロリストのスミスにくれてやれば、納税者から非難が噴出します。内閣と財務省はそう簡単にはうんと言わないでしょう。長官も警察庁の立場をつよくは主張できないでしょう。上層部の会議では身代金の要求はまず突っぱねられます」

織田は口をとがらせた。

「なんだか理不尽な気がします」

夏希には納得できる話ではなかった。

「政府はケチなんですよ……。ところで、これからの我々は非常に困難な立場に陥ります。上層部は遅くとも明日の朝、六時までにスミス一味を絶対に逮捕せよと下命するはずです。それが果たせないなら、サイバー特捜隊の存在意義はないとまで言われるはずです。彼らを逮捕できなければ、我々は非常に厳しい立場に追い込まれます」

眉間《みけん》にしわを寄せて織田は言った。

「でも、すでにアジトの周辺部は長野県警が固めているのですよね」

「ええ、蟻の這《は》い出る隙間もないはずです」

「ひとつ訊《き》いてもいいですか」

「なんでしょう」

織田は首をかしげた。

「なぜ、直ちに踏み込まないのですか。そうすれば、羽田の件も未然に防げるのではないですか」

汐留庁舎を出発したときから、答えはなかばわかっていたが、織田自身の口から聞きたかった。

「長野県警のサイバー攻撃特別捜査隊がスミスを逮捕したのでは意味がないのです。警察庁職員として初めて捜査権を得た、我々警察庁のサイバー特別捜査隊が逮捕しなければならないのです。しかも、隊長であるこの僕の手で。いままでの汚名をすすぎ、我が隊の名誉を一挙に回復する唯一の方法なのです」

織田は力づよく言い切った。

夏希には織田の立場や気持ちはもちろん理解できた。だが、どこかに釈然としないものが残っていることを否めなかった。こうした織田の感覚にずっとなじめずにきた。

国の機関内の綱引きや警察庁内でのパワーバランスよりも大切なものがある。それは国民の安全や利益だ。明日《あした》の羽田空港利用者をはじめとした多くの人々のためにも、長野県警による迅速な身柄確保を選べないものだろうか。

しかし、夏希もサイバー特捜隊の一員である。その目線で考え直すと、ここで非難が沸き起こってせっかく生まれた警察庁の実働部隊であるサイバー特捜隊が消滅するようなことがあってはやはり困る。ひいてはサイバー犯罪に関する国民の安全や利益を阻害することにもつながるだろう。

いつもながら、この問題は単純に答えが出ない。織田の考えも論理的にはじゅうぶんにうなずけるからである。

とにかくいまは羽田のことを考えなければならない。

「でも、東京航空交通管制部のシステムをクラッキングすると、はっきりターゲットを明示するなんてスミスはずいぶん大胆ですね」

夏希は話題を変えた。

「この犯行予告メッセージはすぐに警察庁から国土交通省に通知されているはずです。すでにスミスから航空交通管制部の航空管制システムを守る態勢に入っていると思います。しかし、もう航空管制部のシステムはランサムウェアに感染させられているのかもしれませんね。しかも、発見するのがきわめて困難なかたちで。やはり我々は後手に回っているのです……。ですが、五島くんたちは航空管制システムをチェックして、マルウェアを発見するために懸命の努力を続けているはずです」

厳しい顔つきで織田は言った。

「ところで織田さん、このスミスのメッセージに対してわたしがレスをしたほうがよいのでしょうか」

織田は一瞬考えてから、夏希の目を見て答えた。

「ここでレスを返さなければ、スミスは我々の動きを警戒するかもしれませんね。スミスの目的が身代金である以上は、どんなかたちで呼びかけても犯行を思いとどまるとは思えません。ですが、真田さんが問いかけをすることには大いに意味があります。返信文を作成してください」

スマホを手にした夏希は考えながら画面をタップした。

――エージェント・スミスさん、こんばんは。かもめ★百合です。あなたの要求は承知しました。現在、会議を開いています。でも、警察庁は役所です。明日の朝六時までに一〇〇万ドルなんてお金を用意できるはずがありません。会議で決着がつき、予備費を支出することが決定するまでには時間が掛かります。お願いです。あと一日待ってください。

かもめ★百合

「こんな感じでどうでしょうか？」

夏希にとっても身代金要求事件は初めての経験だった。果たしてこんな感じの返信でいいのか自信はなかった。

「いいと思います。これでいきましょう」

画面を見た織田は力強くうなずいた。

「あの、これをどうすればいいですか？」

スミスに対する送信方法がわからない。

「とりあえず、僕のスマホに送ってください」

「了解です」

アドレスを探して送信すると、織田は自分のスマホを何度かタップした。

「五島くんに送りました」

しばらくすると、織田のスマホが振動した
「スミスに対して警察庁の回線から返信したそうです」

「返信があるでしょうか」

「あると思いますね。スミスはいままで真田さんの問いかけを無視したことはありません。しかも今回は初めて利得犯としての正体を現したのです。必ずやなにかしらの反応を返してきますよ」

織田は自信ありげに答えた。

あさま625号の車窓には暗い田園地帯が続いている。熊谷《くまがや》を出てからずいぶん経っている。

そろそろ群馬県に入るあたりではなかろうか。

乗客も半分くらいに減っている。この列車は短距離間利用者が多いようだ。

五分くらい経ったとき、織田のスマホが振動した。

「やはり、今までと同じアドレスに送ってきました。真田さんのスマホに送りますね」

メールが届いた。夏希は画面を食い入るように見つめた。

——かもめ★百合さん、こんばんは。メールありがとうございます。警察庁や日本政府の都合はわたしの知ったことではありませんね。繰り返しますが、一〇〇万ドルです。振込をお待ちしています。確認できなければ、明日の朝には全国の空港で大混乱が起きることでしょう。サイバー特別捜査隊の皆さん、とくに織田信和隊長の泣きっ面を見られるのも楽しみです。明日の朝、六時。その期限を延ばすつもりはありません。そうそう、予行演習を忘れないでください。午後八時はもうすぐですよ。ご期待ください。では。

エージェント・スミス

「織田さんの名前も出してきましたね」

夏希の言葉にも織田の表情は変わらなかった。

「僕はサイバー特捜隊の隊長になったときにマスメディアの取材を受けています。就任式のあいさつも放送されました。名前も顔も前職も報道されていますので、これは予想の範囲内です。しかし、明確に僕を名指ししてきたことにはスミスのつよい挑戦の意思を感じずにはいられませんね。それよりも予行演習が気になります」

織田は眉根《まゆね》を寄せた。

「本番と同じく公共交通機関のシステムに障害を起こすつもりでしょうか」

「あり得ますね。たとえば地方空港などすべての発着便が終了しているところもありますから、管制システムを停止したとしても、直ちに混乱は起きないでしょう。ですが、空港管理者にとってはダメージとなります。予行演習と呼ぶのにはふさわしいかもしれません」

「どこの空港にせよ、たとえ予行演習でも実行されたら、少なくとも明日朝の便は飛べなくなることもあり得ますね」

混乱する旅行者の姿が目に見えるようだった。

「これは犯罪の話ではありませんが、航空管制システムに不具合があって大きな被害が生ずるケースがあります。システムそのものを刷新したのにもかかわらず、管制システムに大きな障害が起きて空港が混乱に陥った事例です」

「日本の話ですか」

「はい、二〇一八年一〇月の那覇空港での話です。沖縄エリアの航空管制を担当している国土交通省の神戸航空交通管制部で起きた事例です。ここで空の交通整理をしている統合管制情報処理の新システムが本格稼働した一〇日後でした。ベンダー企業がプログラムのバグを見落としたせいでした。結果として那覇空港では一〇日の八五便に三〇分以上の遅延が生じ、二時間三〇分以上の遅れを生じた便も出て混乱が生じました。国土交通省はこの事故を重く見て導入から五日後には旧システムに戻す事態となりました」

織田の話を聞いていると、予行演習も本番もスミスにとっては、さして難しくない話のように感じた。

「あらためて恐ろしい人物ですね」

夏希は嘆くように言った。

「こんなに恐ろしい存在には僕の警察官人生でも出会った経験はありません。なにしろ日本中の社会インフラを稼働させるあらゆるシステムを麻痺《まひ》させる力を持っているのですから……。一億二五〇〇万人が人質にとられているようなものです」

織田は鼻から大きく息を吐いた。

「でも、ひとつだけ気づいたことがあります」

夏希の言葉に織田は身を乗り出した。

「なんでしょう」

「スミスは意外と他者の生命身体に被害を与えないようにしているような気がします」

「どういうことですか」

「最初と二番目の犯行はＡＴＭを狙いました。三番目は交通系ＩＣカードです。四番目は携帯電話網……被害者は大いに困ったと思います。でも、いずれも生命身体を阻害されたケースは少ないのではないですか」

夏希はきわめて重要な点だと思っていた。

「まぁ、携帯電話が使えなくて一一〇番や一一九番に緊急通報ができず、救急搬送が遅れたケースなどは想定できますね。また、携帯電話網はたとえばカーナビにも使われています。僕なんかにはよくわからないインフラに携帯電話網が使われているケースもあるでしょうが……たしかに真田さんの指摘は的を射ていますね」

織田はしっかりとうなずいた。

「昨日わたしは、スミスは《反社会性パーソナリティ障害》ではないだろうと言いましたが、その認識を新たにしました」

「他者の生命身体をなんとも思っていないとまでは言い切れないかもしれないですね」

慎重な言葉で織田は賛意を示した。

「そうなのです。たとえば、航空管制システムをクラッキングされた場合にいちばん恐ろしいのは、飛行中の旅客機の着陸を妨害する行為ですよね。多くの乗客が生命を失う恐れがあります。しかし、スミスは離陸の妨害を予告しています。大きな混乱を招くことは間違いありませんが、人命が失われるような事態はないように思います。その点からも社会全体に対して恨みを持っているような人物とは思えません。通り魔的な無作為殺人などを行うタイプとは明らかに性質を異にします」

言葉にしているうちに夏希は自分の考えに自信を持てた。

「つまり、スミスは利得犯なのですよ。病院にランサムウェアを仕掛けるクラッカーも人の生命を人質にとって金を脅し取りますが、実際に患者に死者が出たケースは一件しか報告されていません」

織田は淡々と答えた。

「亡くなった患者さんがいるのですか」

夏希の声はとがった。

「二〇一九年に合衆国アラバマ州にあるスプリングヒル・メディカル・センターで、へその緒が首に巻きついた状態で出生した子どもが被害に遭いました。この病院では分娩室《ぶんべん》とナースステーションの大型スクリーンで心臓モニターが稼働して胎児の心拍数等を監視しており、万が一の事態に備えるようになっています。ところが、その際、病院のシステムにはランサムウェアが仕掛けられており、モニターは監視できない状態にありました。そのため、担当医は帝王切開などの措置をとることができなかったのです。結果として出生した子どもは低酸素による脳障害を起こし、九ヶ月後に死亡しました」

織田の声は沈んだ。

「ひどい！」

まわりを気遣いつつも、夏希は小さく叫んだ。

医療関係での被害となると、どうも冷静ではいられなくなる。

「病院側は犯人に身代金を支払って障害を解除させ、本来の機能を取り戻しました。この犯行は《リューク》と呼ばれるクラッカー集団による犯行と推察されていますが、犯人は捕まっていません。いずれにしても、ランサムウェアによる死亡被害は現在のところ、この一件と言われています。このように身代金を要求する犯人は、被害者の生命身体に対する実害を出さないうちに金を巻き上げようとします」

「なるほどよくわかりました。いい意味ではありませんが、合理的精神を保ったまま犯行に及んでいるのですね」

「そういうことです。スミスも典型的な身代金要求型の犯人だと推測できます」

夏希の考えとは矛盾するわけではない。織田のこの言葉は正しいだろう。

「とりあえず、いまの真田さんとのやりとりについて、僕の考えを五島くんに伝えておきます。横井さんにも共有してもらいます」

織田は電話を掛けにデッキへと向かった。

「予告してきたスミスの予行演習を防ぐのは現時点では、対象がわからないだけに困難です。とにかく、すみやかに身柄を確保するしかありません」

しばらくして戻ってきた織田は、そんなことを言ってシートに座った。

【4】

あさま625号は高崎駅を出た。窓の外には明るい街の景色が通り過ぎてゆく。次の安中榛名《あんなかはるな》駅を出て碓氷峠トンネルを抜ければ軽井沢《かるいざわ》に入る。二〇分後には長野県警の管轄区域である。

「ところで長野市のほうに動きはないのですね」

「はい、なにか動きがあれば、横井さんから僕に連絡が入る予定です。さっきデッキから汐留に電話した時点ではアジトと思《おぼ》しき建物から人の出入りは一切なく、内部の三人と考えられる被疑者にも動きはないようです」

「横井さんたちはいつ頃到着予定ですか」

夏希たちより一時間遅れの時間差だったが、逮捕状が取れなければ東京を出発できない。

「それが……地裁の逮捕状の発付に手間取っていて、まだ東京を出ていないそうです。仮に八時に出ても長野市着は一一時頃ですね」

「わたしたちは九時には現場に着きますね」

到着には二時間は差がつきそうだ。

「ええ、この列車が八時二五分着です。長野県警のサイバー攻撃特捜隊が長野駅まで迎えに来ることになっています。現場は駅からクルマで一五分くらいの場所と聞いていますので、九時前には確実に臨場できると思います」

「それじゃあ、私たちのほうがずいぶん早く着きますね。横井さんたちの到着を待ちますか」

夏希の問いに、ゆっくりと織田はうなずいた。

「できうる限り、逮捕状を提示して通常逮捕の手続きを取りたいです」

「令状にこだわるのですね」

「はい、令状による通常逮捕は、緊急逮捕とは違って人権を尊重していることになります。任意同行で、後刻に通常逮捕するのもあまり使いたくない手です。たかだか二時間少し後には横井さんたちは追いつくのですから、その間は待ちましょう。また裁判官が夜間執行できる旨の特記事項を令状に記してくれなければ、踏み込むのは日が出てからになります。特記は付かないと思います。今日の長野市の日の出は四時四二分ですから、その場合は夜明けまで待たなければなりません」

織田は夏希の覚悟を確かめるような顔つきで訊いた。

いまや夏希も徹夜くらいのことでは驚かなくなっていた。

「でも、スミス一味が逃亡を図るなどの行動をとったらどうしますか」

張り込みに気づかなくても、アジトから出る可能性はある。

「状況次第ですが、その場合には、任意で身柄を長野県警本部に引っ張る場合もあり得ます。令状が届きましたら、県警本部内で通常逮捕します」

「身柄確保のときでも狙われているシステムに危険があるということですね」

夏希の言葉に覆い被《かぶ》せるように織田が言った。

「ええ、繰り返しになりますが、踏み込んだときに、追い詰められたスミス一味が最後に大きなクラッキングを実行する恐れがあります。しかも、いままでと違って、国民の身体生命に直接的な危害加えるおそれもあります。これはなんとしても防がなければならない。万全の態勢で身柄を確保します」

織田は言葉に力を込めた。

「やっぱり織田さんが陣頭指揮を執ったほうがいいですね」

令状を待つかどうかは別としても、指揮官は織田であるべきだと夏希は思った。

実戦経験はともあれ、夏希は織田の能力を信じていた。

「いまアジトを囲んでいる長野県警の陣容についてはなにもわかっていないのですからね。どのような配置でどう動かすかを指揮すべきでしょう。とはいえ、長野県警は、スミスたちの身柄確保のために二〇人態勢を組んでいます。現場での我々の生命身体への危険は考えられません。どうぞご心配なく」

織田はきっぱりと言い切った。

「安心ですね。いつもは肝を冷やすことが多いですから」

その点では夏希は気が楽だった。

過去に犯人と対峙《たいじ》したときの、危険きわまりない場面がいくつも浮かんできた。

「真田さんは何度も危険な目に遭っていますからねぇ」

織田は鼻から大きく息を吐いた。

「皆さんのおかげで事なきを得ていますけど」

上杉、小川、加藤、石田……なによりもアリシア。みんなに助けてもらった。夏希が今日ここにあるのは仲間たちのおかげだ。

「その点、うちの隊の事件は、犯人確保の際には万全の態勢を組めますので、神奈川県警時代のような危険な事態に遭遇することはまずないと思います」

誇らしげに織田は言った。

「でも、到着したらすぐにスミスの身柄を確保したほうがいいんじゃないんでしょうか。横井さんたちを待つ必要はあるのでしょうか」

夏希の素朴な疑問だった。

「先ほども言いましたが、避けられない場合を除いて、令状による逮捕でいきます」

織田の考えは固いようだ。

わずかな沈黙の後、夏希はゆっくりと口を開いた。

「失礼なことを伺います。織田さんはなんのために、スミスの逮捕に完璧《かんぺき》さを求めるのですか」

「え……？」

織田は面食らったような表情で絶句した。

「いえ、織田さんをずっと見てきて、自分の評価を気にせず、正しいと思ったことをまっすぐに進める方だと思っています」

「そう思ってくださっていますか」

ちょっと照れたように織田は笑った。

「はい、あなたは国民の警察に対する信頼をなによりも大切にして来られました。警察の威信が傷つくことは犯罪の増加へとつながるとお考えのはずです。決して自分の利益のために行動する人ではなかった。今回もそのようにお考えだと思います。でも、そこまで令状にこだわるのがちょっと不思議な気がするのです」

夏希は慎重に言葉を選んだ。織田が自分の手柄のために仕事をする人間だとは思わなかった。夏希が織田をそんな風に見ていると勘違いをされることも嫌だった。

だが、令状主義という建前にこだわっていて、時間を空費しているうちに、スミスが次の犯行を実行する危険など不測の事態があるかもしれない。

夏希にはいささか納得できなかったのだ。

「僕としては、戦後の警察タブーを破って誕生した、サイバー特捜隊のスタートに傷をつけたくないのです。いままでも説明してきたように社会インフラを狙った凶悪なサイバー犯罪は増えてゆくばかりです。ところがいままで、警察庁はその解決に当たってじゅうぶんな力を発揮してこられなかった。大きな必要性があったからこそ、警察法が改正され、わがサイバー特捜隊が生まれたのです。マスメディアや世間は我々の行動を見ています。ちょっとしたミスがあっても、『だからそんな隊を作ってもダメなんだ』と非難される恐れがあります。また、一部の新聞では見当違いの批判を載せています。ある大手地方紙の四月二日の見出しは『サイバー特捜隊、権利侵害の恐れあり』と、こんな見当違いのことを書いているのですよ」

大きく織田は顔をしかめた。

「なんて言う……」

夏希は言葉を失った。

そのような批判が向けられているのか。

サイバー特捜隊に対しての無理解に織田は苦しめられているのだ。

「記事は『「重大サイバー事案」に関しては定義が曖昧《あいまい》であり、恣意的《しいてき》な捜査やプライバシーや人権侵害の恐れが拭《ぬぐ》えない』と書いています」

怒りのこもった声で織田は言った。

「ひどい勘ぐりですね。たとえば、サイバー特捜隊が、思想警察の実態を持つとでも思っているのでしょうか」

記事の内容を知って、夏希も腹が立ってきた。

「一部のマスメディアは、我々サイバー特捜隊が戦前の特別高等警察の再来だとでも勘違いしているんじゃないんでしょうかね」

吐き捨てるように織田は言った。

「記事は重大サイバー事案は定義が不明確で人権侵害の恐れがあるなどと言っていますが、すでに説明したようにサイバー犯罪はさまざまな組織や機関のインフラをあらゆる方法で狙います。では、大手の社会インフラの被害を狙った犯罪と限定すればよいのでしょうか。答えはノーです。これからは個人のＩＴ環境を狙うタイプのサイバー犯罪も増えるでしょう。たとえば、被害者が個人であっても、仮に一〇〇〇万人のスマホに向けてワームやウイルスが送りつけられるかもしれない。そのような多種多様なサイバー犯罪の捜査範囲を明確なかたちで定義などできるわけがない。国民の生命身体、あるいは財産を狙うサイバー犯罪のなかで、我々から見て重大な被害を及ぼす犯罪を対象にするとしか言えないではないですか。記者は我が国民がいかに大きなサイバー攻撃の危険にさらされているかをまったく勉強していないと思います」

織田の声は怒りに震えていた。

たしかに織田や横井、五島から説明を受けてきたとおり、サイバー犯罪はあまりにも多種多様である。

その新聞も「恣意的な捜査やプライバシーや人権侵害の恐れがある」などと書くらいなら、自分たちの望ましい重大サイバー事案の「明確な定義」を提示すればよいのだ。具体的な定義など定立できるはずがないことがわかるはずだ。彼らはサイバー犯罪についてどうしてもっと勉強や詳細な取材をしないのだろうと感じる。

夏希にはこうした抽象的観念論による批判は「為にするもの」としか感じられなかった。

「認知の歪《ゆが》みを感じますね。簡単に言えば、わたしたちを妙な色メガネで見ているように感じます」

警察官は誰しも、こうした悲哀を感ずる機会を経験している。

「マスメディアはこうした突っ込みを入れることを反権力であると勘違いしているんですよ。いや、正確に言えば反権力のポーズをとっているんです。わたしたちのような実働部隊をやり玉に挙げなくとも、国民の権利を侵害する権力なんていくらでも存在します。ですが、彼らは本気で権力を攻撃する気なんてないんです。要は視聴者や読者など受け手の興味を引けばいいという姿勢で報道しているのです。誰だって、警察に対する不安感は抱いています。その不安感をできるだけ煽《あお》ろうとする姿勢が透けて見えます」

　織田の激越な調子は続いた。

「マスメディアが興味本位だというのはわかります」

　夏希も興味本位の取り上げられ方をされて不快に思ったことはある。ただし、夏希は常に匿名だったが、織田は本名であり、顔出しもしているのだ。

「かつて防犯カメラを増やし始めたときも、主要道路に犯罪発生時の無人検問用カメラのNシステムを設置したときも、マスメディアはこぞって国民を監視する人権侵害のシステムだと騒いだものです。これらのカメラにより犯罪検挙率が上がると、設置開始時の批判なんか忘れたような態度をとっていますがね」

　織田は皮肉な笑みを浮かべた。

「織田さんの心配していらっしゃることがよくわかりました」

　自分の理解が足りなかったことを夏希は恥ずかしく思った。

　慎重にも慎重な態度をとりたいはずだ。敵はもちろんスミスらサイバー犯罪者だが、サイバー特捜隊は一部のマスメディアも敵にまわしているのだ。

「ご理解頂けて嬉《うれ》しいです。だからこそあらゆる面で、スミス事件の完璧な解決を求めたいのです」

織田は堂々とした態度で言い放った。

「わかりました。なんといってもサイバー特捜隊の初の檜《ひのき》舞台ですものね」

その一員として夏希もじゅうぶんに能力を発揮しなければならない。

「はい、警察庁初の実働部隊の最初の活躍の場ですからね」

織田の声は誇らしげに響いた。

いつの間にか華やかな夜景は消え、列車は真っ暗な闇のなかを走り続けている。田園地帯ではなく山林の間を走っているようである。

高崎を出てから五、六分は経っているだろうか。次の停車駅である安中榛名《あんなかはるな》への到着を告げるアナウンスが車内に響いた。

近くの席でも座席上部の棚から荷物を下ろす人がいる。

夏希には聞き覚えのない駅の名であった。

第三章　疑　念

【1】

真っ暗な林を抜け、あさま625号は安中榛名駅に滑り込んだ。
ホームの照明があかあかと輝いていて夏希は目がくらむほどだった。
窓から見ている限り降車客はパラパラと少なかった。
すぐに発車メロディが鳴り響くはずだった。
ところが、いつまで経ってもホームは静かなままである。
ドアの閉まる音も聞こえなかった。
「おかしいですね」

三分ほどしたところで、夏希は織田に向かって声を掛けた。

「ええ……停車時間はせいぜい一分でしょう」

織田も眉《まゆ》を曇らせた。

男性車掌の中音のアナウンスが流れた。

――お客さまに申しあげます。停止信号のために出発を見合わせております。

夏希と織田は顔を見合わせた。新幹線でこうしたアナウンスを聞いた記憶はなかった。

さらにしばらくして、ふたたび車掌の声が聞こえた。

――お急ぎのところご迷惑をおかけしております。なんらかの障害のために現在、発車信号が赤で出発できない状態となっております。状況がわかり次第、ご連絡をいたします。

四割ほどの乗車率となっていた車内にざわめきが広がった。

すぐに荷物を下ろしてホームに降りてゆく乗客もいた。

夏希と織田は次のアナウンスを待っていた。

織田のスマホが振動した。

「汐留庁舎の五島くんからです」

デッキに向かった織田は足早に戻ってきた。

「下りましょう」

織田は厳しい表情できっぱりと言った。

「え？　こんなところでですか？」

まだ、碓氷トンネルを越えておらず、群馬県内である。長野市ははるか先ではないか。

「北陸新幹線はしばらく動かないと思います。タクシーを捕まえて移動しましょう」

有無を言わさぬ織田の口調だった。

新幹線に生じたトラブルは小さいものではないようだ。

「わ、わかりました」

織田はうなずくと、乗降口へ向かって歩き始めた。

夏希もショルダーバッグを肩にあとに続いた。

ホームへ出た。屋根はあるが、壁ですっかり覆われているわけではなかった。

夜気に混じって草の匂いが漂ってくる。

ホームの周辺部には灯りらしい灯りが見えなかった。

新幹線にもこんな駅があるのだと夏希は驚いていた。

実を言うと、安中榛名がどんな街なのか、まったくわかっていなかった。

安中市も榛名湖という湖もなんとなくは知っていたが、夏希はこのあたりには不案内だった。

高崎の次は軽井沢だと思い込んでいたくらいである。

織田に続いて夏希は三列しかない改札口から外へ出た。

待合スペースはそれほど広くなかった。

「ここって……」

さらに駅舎から外へ出て夏希は言葉を失った。

あまりにもガランとした光景が目の前にひろがっていた。

ロータリーには街灯が何基かあって、わりあいと明るい。現代彫刻のようなモニュメントが建てられている向こう側にはかなりの台数の駐車スペースもある。一〇〇台以上は停められそうだが、いまはガラ空きの状態である。

だが、正面には建物というものがひとつも見られない。

左手に集合住宅が建ってはいるが、視界には商業施設らしきものは入ってこなかった。コンビニさえもないのだ。

こんな新幹線の駅があるのだろうか。

おまけに……。

「タクシー出払ってるみたいですよ」

目の前にタクシー乗り場と書かれたバス停のような標識が立っている。

だが、肝心のタクシーが一台も停まっていない。待っている人の姿もなかった。

「まさかとは思いましたが……」

織田は肩を落とした。

「少し待てば来るでしょうか」

「はっきりしないですね。遠距離利用客が多いと思いますし……」

浮かない顔で織田は言った。

「ところで、北陸新幹線は動かないんですか」

夏希はさっきから尋ねたかったことを口にした。

「はい……しばらくは動かないでしょう。北陸ばかりではありません。東北《とうほく》、上越《じょうえつ》、山形、秋田と、JR東日本のすべての新幹線が停まっています」

　織田は肩をすくめた。

「なんですって!」

　あまり聞いたことのない事態だ。

「JR東日本のすべての新幹線は通称《COSMOS》という運行管理システムを、JR西日本と共同運営することによってコントロールされています。このシステムは、JR東日本では新幹線統括本部の新幹線総合指令所という部署に設置されています」

「所在地を非公開にしている部署と伺いました」

「そうです。その指令所で午後七時四〇分過ぎに《COSMOS》が使用不能となりました。現時点では同社の新幹線はすべて停まっています。たまたま安中榛名駅に停まっていた僕たちはまだ運がいいと思います。列車内に閉じ込められている人も多いですので……」

　どこかなだめるような織田の口調だった。

　たしかに車内に閉じ込められるよりは、どれほどましかとは思う。

「その情報は汐留庁舎からですか」

「はい、サイバー犯罪の恐れもあるということで、JR本社からサイバー特捜隊にも通報が入りました」

「もしかすると、これはスミスの言っていた『予行演習』なのではないでしょうか」

恐れていたことを夏希は口にした。

「否定はできませんね。いまのところ警察に対してはなんのメッセージもないようですが、新幹線のこのシステム障害がサイバー攻撃によるものである可能性は低くはないと思います」

織田は眉間《みけん》にしわを寄せた。

「いずれにしても、新幹線はあきらめたほうがいいんですね」

夏希は念を押した。

「はい、新幹線総合指令所で現在、懸命の修復作業を行っていますが、復旧のめどは立っていません。数時間かかるのは確実ではないかと推測されています」

「横井さんたちは東京を出たんですか」

彼らに拾ってもらうこともできるかもしれない。

だが、織田は首を横に振った。

「まだ東京地裁にいるそうです。令状が取れ次第、こちらに向かうそうですが、仮に迎えに来てもらうとしても二時間以上は待たなければならないでしょう」

「レンタカーを探しましょう。改札を出たところにありましたよね」

「そうでしたっけね」

そんな表示が出ていた気がする。

「ここで待っていてください。すぐに借りてきます」

織田は小走りに駅舎へと戻った。

駅前には人影もクルマの影もない。

まわりの草むらからはオケラをはじめ何種類かの虫の声が聞こえてくる。

もの淋《さび》しいこと、この上ない。

どうしてこんな新幹線の駅が存在するのだろうか。夏希はスマホで検索してみた。


――当初高崎駅―軽井沢駅間に駅は設置される予定がなかったが、整備新幹線建設のための財源枠組み計画による地方負担分の拠出に際し、群馬県などの沿線自治体は、県内に駅が設置されないのであれば負担分の拠出はできないとしたことから、当駅が設置された。

ウィキペディアにはそんなことが書いてあった。

かなり無理な理由でこの場所に駅が作られたようだ。

さらにほかのサイトを見ると、「新幹線の秘境駅」などという呼び方もされているようだ。

この駅の南側には秋間《あきま》みのりが丘という地名があって、そのあたり一帯にはJR東日本などが《びゅうヴェルジェ安中榛名》という住宅地を造っているとの情報も見つかった。

新幹線で東京に通勤する居住者や別荘としての利用者などを狙った宅地開発であり、六〇一区画は完売し、七〇〇人以上が生活しているらしい。

スマホでマップを見てみると、この秋間みのりが丘のほかには農村地帯とゴルフ場があるくらいで街区はない。駅前が淋しいのもあたりまえだった。

織田は歩いて戻ってきた。クルマはどうしたのだろう。

「すみません、レンタカーも先にとられちゃいました。もともと数台しかないそうです。素早い人たちがいるんですね」

頭をかいて織田は謝った。

「どうしますか……」

タクシーもレンタカーも無理となると、新幹線が動き出すのを待つしかないではないか。

だが、それは何時になるかわからないのだ。

「群馬県警に協力依頼をしました。ここを管轄している安中中央警察署の署長に電話を入れましてね。クルマを一台出してもらうことにしました」

淡々と織田は言ったが、さすがは警察庁キャリアだけのことはある。急な協力要請に群馬県警は応じてくれたのだ。

「大助かりですね。どこまで、送って下さるんですか」

「もちろん長野市の現場までお願いしました」

「よかった。これで安心ですね」

夏希は正直ホッとした。こんななにもないところに何時間もいることは避けられた。

「ええ、一五分くらいで来ると思います。駅の待合室で待っていましょう。着いたら、僕の携帯に電話くれることになっています」

「わかりました。いろいろとありがとうございます」

夏希たちは駅舎内の待合室に入っていった。

木とクッションでできた三人掛けのベンチはゆったりしていて意外と豪華だった。

夏希と織田は隣り合わせに座った。

ほかには客の姿はなく、待合室は静かだった。

運転再開の見込みが立っていない情報を駅のアナウンスが伝えた。

「スミスからの犯行声明は出ていないのですね」

夏希は織田の顔を見て訊《き》いた。

「ええ、もし警察庁にスミスからのメールが届けば三分以内には僕に転送されるはずです」

「それでは、JRのプログラムの問題なのですかね」

「サーバーダウンでもあったのでしょうかね……」

織田は思案顔になった。

「いままで聞いたことはありませんよね」

少なくとも夏希の記憶にはなかった。

「いえ、何回かありますよ。最近では起きていませんが、二〇〇八年一二月に今日のようにシステムが使用不能となり始発から三時間、全新幹線が運転を見合わせました。また、二〇一一年一月一七日の八時二〇分頃にもサブシステムの一部がダウンしたのです。結果として、一時間一五分にわたって全新幹線で運転を停止しました。このため、遅延などが生じ、正常に戻ったのは昼過ぎだったそうです」

織田はさすがにインフラのシステム障害については隅々まで勉強しているようだ。

夏希が知らないだけで、JR東日本の全新幹線が停まったことはあったのだ。

「では、今回とまったく同じですね。やはり《COSMOS》の障害なのですね」

「ええ、そうです。二〇〇八年のときには車両故障や強風のために前日のダイヤが大幅に乱れたのです。車両や乗務員の運用計画を修正しなければならなかったのですが、これらの入力が遅れたのが原因です。二〇一一年のときは大量のデータ変更を短時間に行ったためにシステムの処理能力を超えてしまったことによるものです。また、運行に支障はなかったものの、二〇一六年の五月には始発から終電まで電光掲示板が表示されないというトラブルが生じました。これは臨時列車が多く、掲示板システムの処理容量を超えた列車を登録しようとしたためです。いずれにしても人為的なミスでサイバー犯罪によるものではありませんでした」

「今回も単なる故障であることを祈りたいですね」

スミスの犯行でなければよいと願うばかりだ。

「そうですね、とは言え復旧には時間が掛かりますし、いま現在、たくさんの人が立ち往生しているでしょう」

「わたしたちも、できるだけ早く、長野市の現場に行きたいですね」

「ええ、一刻も早く、スミスの首に縄を掛けて東京へ引っ張っていきたいです」

織田には珍しく、血の気の多い言葉だった。

ふたりの会話はひとたび途切れた。

待合室内をなんとなく見回すと、何枚もの絵画が飾ってある。

そのなかの一枚の大きな日本画は白い花の絵だった。

ふと夏希の脳裏で一輪の黄色く小さな花の姿が鮮やかに蘇《よみがえ》った。

蠟梅《ろうばい》……織田に連れて行ってもらった鎌倉の浄妙寺《じようみようじ》で初めて見た花だった。

ガラスか蠟で作ったように透き通った黄色の花弁と紫褐色の花心を持つ姿に夏希は魅入られた。ジャスミンや水仙に似た華やかで清潔感のある芳香の記憶も蘇ってきた。

「そう言えば、織田さん、あれから浄妙寺に行きましたか」

夏希はなにげなく切り出した。

「え……鎌倉の浄妙寺ですか」

「そうです。この春だって蠟梅が咲いたでしょ。たしか織田さんは毎年のように花期は浄妙寺に行かれるって言ってましたよね」

織田の言葉を夏希は思い出した。

「ええ、僕はあの花の見た目も香りも大好きなんで、かつては毎年のように出かけていました」

奥歯にものの挟《はさ》まったような言い方が気になった。

「お忙しいですもんね」

小さく織田は首を横に振った。

「いえ、真田さんと蠟梅を見たあの日の想い出をいつまでも胸にとどめておきたかったんです。また行くと浄妙寺の記憶が塗り替えられてしまう。僕にとって大切な想い出の一日でしたから」

織田はしんみりとした声で言った。

「そうだったんですか」

夏希は胸が熱くなった。

織田が夏希に対してそんな思いを抱いているとは夢にも思っていなかった。

あれから何年にもなるのに、一度として織田はそんな言葉を口にしたことはなかった。

どうして言ってくれなかったのか。織田に対する夏希の見方も変わっていただろう。

織田のことをもっとよく知りたいと、あらためて夏希は思った。

もしかすると、夏希は織田からわざと目を背けていたのではないか。
おだやかな織田との関係が変化してゆくことが怖かったのかもしれない……。

【2】

とつぜん、待合室の入口からスーツ姿のいかつい男たちがどやどやと入って来た。
ぜんぶで五人だ。出迎えにしては数が多い。
「群馬県警か……おかしいな」
織田が首を傾げてつぶやいた。
到着したら電話してくる約束だったはずだ。
五人は夏希たちが座るベンチへと大股《おおまた》に歩み寄ってきた。
織田と夏希は同時に立ち上がった。
「警察庁の織田です」
いつものように織田は丁重に頭を下げた。
夏希も反射的に低頭した。
先頭に立っている五〇年輩の男が、立ちはだかるように行く手をふさいだ。

ほかの男たちはベンチのまわりを取り囲むように立った。

「群馬県警安中中央署警備課長の山村《やまむら》と申します」

グレーのスーツの男は少しざらつきのある低音で名乗った。

硬い表情だ。全身から緊張感が漂っている。

江《え》の島《しま》署の加藤清文《きよふみ》を年取らせたような雰囲気だが、ずっと目つきが悪い。

「警備課長ですって」

織田が素《す》っ頓狂《とんきょう》な声を出した。

夏希も驚いた。なぜ安中中央署の警備課の課長が来ているのか。所轄署の課長は警部だ。長野まで送ってくれるのなら交通課か地域課あたりがパトカーを出してくれればいいではないか。

だが、山村は織田の言葉は無視して、険しい目つきで夏希をねめつけた。

「そちらは真田警部補ですか？」

「はい、わたしの部下の真田ですが」

織田は不思議そうに答えた。

不安が夏希を襲った。

おそらく織田は、群馬県警に夏希の名を伝えたりはしていないのだ。

いったいなぜ山村は、夏希の名前を知っているのだろう。

「織田隊長、真田分析官、ご同行願えますか」

口調はていねいだが、有無を言わさぬ口調で山村は言った。

職名も知っている……。

「同行ですって？」

織田の声が裏返った。

「ええ、おふたりとも安中中央署までお出《い》で頂きたい」

さらにつよい調子で山村は言った。

夏希の鼓動が速まってきた。

「意味がわかりかねます。わたしは長野市まで送って頂きたいと依頼したんですよ」

織田はつよい調子で訊《き》いた。

「織田さんは警視正でいらっしゃる。ですので、このように丁重にお願いしております。ですが、そのような態度では困りますな」

山村はもったいぶった口調で言った。

「いいですか。わたしは捜査のために長野市へ向かう途上です。現場では、わたし自身が被疑者の確保の指揮を執ることになっているのです。あとから逮捕状を持って部下が駆けつける段取りになっています。わたしは一刻も早く長野市に行く必要がある。だからこそ、群馬県警は長野行きに協力することを約束したのです。そんなバカなことを言っていると、山村さん、あなたが公務執行妨害罪に問われますよ」

冷静な口調で理路整然と織田は抗議した。

だが、山村はふふんと鼻で笑っただけだった。

「はっきり言ってください。我々がなぜ、同行しなければならないのか」

夏希には織田のいらだちが痛いほど伝わってきた。

「おふたりに逮捕状が出ております」

山村は淡々ととんでもないことを告げた。

「なんだって!」

織田は叫び声を上げた。

夏希の心臓がどくんと大きく収縮した。

「警視庁から群馬県警に対して捜査協力がありました。織田隊長があさま625号に乗ったという情報が入ったので警戒していたところです。まさか、そちらからお電話頂けるとはねぇ。新幹線が停まってくれて幸いですよ」

皮肉な口調で山村は言った。

身体が凍るような錯覚を夏希は感じた。

「逮捕状……いったいなんの容疑だというんだ？」

織田の声は激しく尖《とが》った。

「国家公務員法第一〇〇条第一項違反の罪です。覚えがありますね？」

山村は勝ち誇った声で訊いた。

「わたしが秘密漏洩《ろうえい》をしたというのか」

織田は怒りに声を震わせた。

「伺いますけど、わたしはなんの容疑ですか」

夏希は尖った声で訊いた。

「真田分析官は地方公務員法第三四条第一項違反です」

夏希の目を見て山村はしっかりと告げた。

「わたしも国家公務員なんですが……」

「いえ、罪状として掲げられているのは地方公務員法違反です」

山村は表情を変えずに言った。

「そんな……」

となると、神奈川県警にいた頃の行為を問われているのだ。

だが、もちろん夏希は秘密漏洩行為などした覚えはなかった。

いわゆる守秘義務違反である。職務上知り得た秘密を保持すべき守秘義務は退職後も課せられる。秘密を漏洩した場合は一年以下の懲役又は五〇万円以下の罰金という刑事罰を科される。

守秘義務は、医師、薬剤師、医薬品販売業者、助産師、弁護士、弁護人、公証人またはこれらの職にあった者にも課されている。こちらは刑法第一三四条第一項秘密漏示罪の対象となる。刑事罰は六月以下の懲役または一〇万円以下の罰金に処せられる。

国家公務員と地方公務員に適用される刑事罰のほうが重いのだ。

「ふざけたことを言ってもらっては困る。わたしがそんなことをするわけがないだろう」

織田は声を張り上げた。

こんなに激した織田を見たのは初めてかもしれない。

「あなた、警察庁警備局の重要機密を漏洩してますね」

山村は勝ち誇ったように言った。

「バカを言うなっ」

ついに織田はキレた。

語気の激しさに夏希は一瞬のけぞった。

「わたしは何をしたというのです」

夏希も山村につよい口調で訊いた。

「あなたは織田隊長の従犯としての嫌疑です」

従犯もなにも、警察庁の重要機密など織田から聞いたことはない。

「まったく身に覚えがありません。なにかの間違いです」

一音ずつはっきりと発声して夏希も抗議した。

「とにかく君たちの要求には応《こた》えられない。少なくとも逮捕状をこの目で見ない限りは、ついて行くわけにはいかない。同行を拒否する」

織田は宣言するように言い放った。

「わがままを言わないでください。我々は警視庁の要請で織田隊長と真田分析官の身柄をお預かりすることだけが任務です。詳しくはあっちの公安部に訊いてください」

山村は説得するような口調で言った。

「なんで公安の連中は自分たちで来ないんだ」

織田の言うことも道理だ。

警視庁公安部は他の道府県警警備部公安課を頼りにしないで自分たちが動く傾向が

ある。

彼らは日本一優秀な情報機関の職員であるというプライドを持っている。事実、公安調査庁や内閣情報調査室よりも警視庁公安部の動きは俊敏だと言われている。その意味で、自分たちは他の道府県警の警備部公安課とは別種の存在だという自負がある。

「追っつけうちの署に来ます。彼らはとにかくあなたの身柄を確保したいんですよ。あなたがこのまま日本海から密出国するとでも思っているんじゃないんですか。長野県警と新潟県警にも協力依頼しているはずですよ」

山村の言葉は夏希には荒唐無稽《こうとうむけい》にしか聞こえなかった。

「どこへ出国すると言うんだ」

「当然ながら、あなたが機密を漏らしていた国ではないですか」

山村は鼻の先にしわを寄せた。

「だから、どこの国と関係があるというのだっ」

眉間《みけん》に深い縦じわを寄せて、織田は詰め寄った。

「うちへの要請は外事第二課《ソトニ》からですよ」

皮肉っぽい口調で山村は言った。

「中国だと……あり得ない」

織田は低くうなった。

警視庁の公安部は実質上、日本の諜報《ちょうほう》活動の中心的実働部隊である。外事第一課はロシアと東欧、第二課は中国、第三課は北朝鮮、第四課は国際テロを監視している。

そのとき織田のポケットでスマホが振動した。

「電話に出たいのだが」

織田はおだやかに頼んだ。

「いまは困りますな」

にべもなく山村は拒んだ。

しばらく振動していたスマホは静まった。

「さぁ、おとなしく来てもらおうか」

山村が急にきつい調子で言うと、ほかの四人が二手に分かれて夏希と織田の両脇にまわった。

夏希も緒田も左右の腕をつかまれた。

「放してよっ」

相手の態度に夏希は本気で腹を立てていた。

警察官からこんな目に遭わされた記憶はなかった。

「失礼じゃないか」
織田も激しい声で抗議した。
「中国のスパイのくせに生意気なことを言うなっ」
仮面をかなぐり捨てたように山村は、荒々しい態度に変わった。
「なんの根拠があってそんな馬鹿なことを言ってるんだ」
織田の抗議もむなしく、夏希たちは待合室から駅舎の外へと連れ出された。
駅前広場には数名の野次馬が興味深げに夏希たちを見ている。
新幹線はまだ動いていないようなので、たぶん近くの住人なのだろう。
なかにはバイクにまたがったまま、こちらにスマホを向けている者もいる。
この連行は明らかにえん罪によるものである。
悪いことをしているわけではないのだから、恥ずかしがる必要はない。
夏希は堂々と顔を上げていた。
ロータリーに停められている覆面パトカーに、夏希たちは乗せられそうになった。
そのとき、サイレンの音が響いてきた。
ロータリーの右手の道路から赤色回転灯が近づいて来た。
夏希たちのいる場所へ向かって、一台のパトカーがものすごいスピードで走ってきた。

派手なブレーキ音を立てて、パトカーは覆面パトの後ろに停まった。

後部の左ドアが開いて、年輩の制服警官が転げるように降りてきた。

髪の真っ白な制服警官はよろけるような足どりで夏希たちへと歩み寄ってきた。

胸の階級章を見ると警視正だ。織田と同じ階級ということになる。

「申し訳ございませんっ」

制服警官は夏希たちにいきなり土下座した。

「わたくし、安中中央署長の小坂《こさか》でございます。このたびはうちの署員が多大なご迷惑をおかけ致しました」

顔を上げた小坂署長は、必死の声で詫《わ》びた。

額に汗がにじんでいる。

夏希たちも山村たちもあっけにとられて見ていた。

「署長、どういうことです……」

ぼんやりと山村が訊《き》いた。

「馬鹿野郎っ、おまえもさっさとお詫びしないかっ」

小坂署長はかみつきそうな顔で山村課長をどやしつけた。

「はぁ……」

山村は釈然としないようすで突っ立っている。

「なにをしている。そんな格好でどうするんだ」

小坂署長に怒鳴られて山村は隣に正座した。

「ほら、頭を下げないかっ」

後頭部を乱暴に手のひらで押さえられ、山村は無理矢理という感じで土下座させられた。

「おい、おまえらもみんな頭を下げろっ」

小坂署長は私服警官たちに向かって怒鳴った。

ほかの四人はお互いに顔を見合わせてとまどっている。

「早くしろっ」

署長の気迫に狐につままれたような顔で四人の私服警官は頭を下げた。

「署長、もうけっこうです。立って下さい」

織田は静かに呼びかけた。

小坂署長と山村はゆっくりと立ち上がった。

「とにかく申し訳ない」

「そんなことより、どういう事態なのか説明してくれませんか」

ふたたび静かな調子で織田は尋ねた。

「すべては誤りでした。なんの罪もない織田隊長と真田分析官のおふたりに対して、安中中央署はとんでもないことを……どうか我々のことをお許しください」

小坂署長は顔の汗をハンカチで拭《ふ》きながら言った。

「いや、許すも許さないも、なにが起きたのかさっぱりわかりません」

眉根《まゆね》を寄せて織田は問いを重ねた。

山村も固唾《かたず》を呑《の》んで小坂署長の言葉を待っている。

「警視庁公安部からの捜査協力依頼がニセモノだったのです」

悄然《しょうぜん》とした顔つきで小坂署長は答えた。

「ニセモノ……どういうことですか」

織田は首を傾げた。

山村は大きく目を見開いた。

「警視庁公安部を名乗る者は、群馬県警本部の警備部に対しメールで依頼し、ファックスで依頼書を送付してきました。警備部では全所轄に転送し、織田隊長を現認するようなことがあった場合には直ちに身柄を確保するようにとの指示を下ろしてきました。そんなときに新幹線が停まり、織田隊長からうちの署にお電話があったものですから、とりあえず山村たちを向かわせたという次第です。ファックス転送されてきた依頼書も書式の整ったもので、すっかり信じ込んでしまいました。また、逃亡の危険性を強調していましたので……」

小坂署長はふたたび顔の汗を拭《ぬぐ》った。

「その依頼書がどうしてニセモノとわかったのですか?」

織田は興味深そうに訊いた。

「うちは安中榛名駅に署員を向かわせたことを警備部に電話報告しました。警備部は警視庁公安部に連絡したところ、そんな要請はしていないということでして……」

小坂署長は泣きそうな顔で肩をすぼめた。

夏希と織田は顔を見合わせた。

警視庁の命令と偽って群馬県警に協力要請をするなど、ただ者の仕業ではない。

ほぼ間違いなく、エージェント・スミスの仕業だ。

新幹線を停め、このなにもない駅に夏希と織田を降ろし、さらに安中中央署に捕まえさせるとは考えもつかなかった。

しかし……。

脳裏を疑惑が走った。

「そうだったのですか……しかし真実がわかるまで時間が掛かったんですね」

夏希の思いは織田の質問で遮られた。

織田の訊いていることは夏希にも不可解だった。

「警備部への報告は副署長にさせたのですが、そのときうちは別の案件でゴタゴタしておりまして、副署長は新聞社数社と面談していたものですから、対応が少し遅れました。副署長が本部の警備部に報告し、本部が警視庁公安部に報告するまで多少の時間を食いました。ですが、真実がわかってすぐにわたし自身がこちらへ向かいました」

小坂署長は言い訳めいた口調で説明した。

このあたり、上意下達が基本で、横の連携に弱い警察の指揮系統のマイナス面が如実に出ている。警視庁公安部がニセモノに気づいたときに、安中中央署に直接連絡を入れれば時間は短縮される。が、通常は群馬県警本部に連絡をし所轄に連絡を取ることはまずないのだ
「なるほど、所轄ではマスメディア対応はおもに副署長の仕事ですからね。しかし、協力要請が偽物とわかった段階で署長から山村課長に一報を入れてもらえれば、連行されることもなかったんですけどね」

皮肉っぽい調子で織田は言った。

署長が山村に電話でも入れていれば、いくらかは不快な時間が短く済んだかもしれない。

「いや、まずは織田隊長にお詫びをしなければと思い、あわててすっ飛んで参りました。署から緊急走行してくれれば一〇分も掛かりませんから」

小坂署長は弱り顔で答えた。

「なるほど、安中中央署のお立場はよくわかりました」

織田はゆったりとした笑みを浮かべた。

こうした寛容なところは織田の美点であろう。

「ご理解頂けたんですね。どうかその……この件については……」

眉を曇らせ小坂署長は両手を合わせた。

「大丈夫ですよ。今夜のことはどこにも報告しません」

織田の答えに小坂署長の表情はパッと明るくなった。

キャリアの織田に群馬県警の警務部監察官室にでも報告されることを恐れているのだろう。

山村たちの行為は、ことによると公務員職権濫用罪に該当する可能性がある。小坂署長も管理責任を問われる恐れがあるのだ。

「ありがたい……」

小坂署長はふたたび両手を合わせた。

定年まであと何年残っているのかはわからないが、こんな歳で監察など食らいたくはないだろう。

「真田分析官にもひと言お願いします」

織田はこだわりを見せた。

たしかに小坂署長の謝罪は織田に向けられたものだ。

織田の部下であり、警部補に過ぎない夏希などは視野に入っていないのだろう。

「真田さん、申し訳ありませんでした」

小坂署長はていねいに頭を下げた。

「いいえ、間違いがわかればそれでいいんです。でも、驚きました」

「どうかご容赦ください」

小坂署長の夏希への謝罪はどこか形式的に響いたが、まぁよしとしよう。

「それにしても憎むべき犯人ですな」

小坂署長は急に強気になって言った。

「今回のニセ依頼書事件の犯人の見当はついています」

織田は静かな表情で答えた。

「えっ、本当ですか」

小坂署長はあ然とした表情で訊《き》いた。

「長野市で我々が追い詰めようとしている被疑者の仕業だと思っています」

織田は自信ありげに答えた。

ほかにそんなことのできる者はいない。しかも、織田を困らせようとしている点でスミスには明確な動機がある。これもまたスミスの挑戦なのだ。

「な、なるほど……いったいどんな事件なのですか」

小坂署長は興味深げな表情で訊いた。

「その事件について詳しくはお話しできませんが、わたしは臨場して指揮を執ることになっています。さて、最初の電話での依頼を繰り返すことになりますが、わたしと真田警部補を長野市の現場までお送り頂けませんか。一刻も早く臨場したいのです」

織田は質問には明確な答えを返さず、最初の依頼を繰り返した。

「もちろんです。わたしが乗ってきたパトカーでお送りします。技術のすぐれた者が運転しております。わたしは山村のクルマで帰りますので」

小坂署長は気安い調子で請け合った。

「助かります」

織田はあごを引いて礼を言った。

「さっきの電話、横井さんからじゃないんですか」

夏希は気になっていたことを口にした。

スマホを取り出してさっと確認すると、織田はあごを引いた。

「こちらから電話を入れてみますよ……すみません、ちょっと電話を掛けてきます」

織田は小坂署長たちに声を掛けて、左手の方向に歩き出した。

夏希もあとを追った。

警察官たちから五〇メートルほど離れた位置に立って、織田はスマホをタップした。

「ああ、横井さん。電話くれました？　ちょっと事情があって取れませんでした。そうなんですよ。ちょうど安中榛名駅で停まっちゃってね。そこでまぁちょっとしたコメディがありましてね……」

いまのできごとを、織田はかいつまんで話した。

「そんなわけで、これ、スミスの予行演習だと思うんですよ。新幹線運行システムのクラッキングと僕たちの拘束……まぁ、誤解が解けたんで、これから、長野市まで安中中央署のパトカーで送ってもらいます。そちらより早く現着できる予定です。で、どうですか？　令状は？」

横井がなにか答えている。

「ああ、そうですか。わかりました。ご苦労さま、それじゃああちらで」

織田は電話を切ると、夏希の顔を見てほほえんだ。

「逮捕状、李暁明《リーシャオミン》ほか二名の氏名不詳でとれました。氏名が記せない場合には、人相、体格その他被疑者を特定するに足る事項を記さなければならないのですが、アジト内の二名の身体的特徴を記して裁判官を説得しました。残りのふたりは男性と思われます。長野県警がファイバースコープで撮ってくれた写真が役に立っています」

「令状とれてよかったですね」

さっきの会話で夏希も、今回の逮捕状の重要さは理解できた。

「ええ、よかったです。さぁ、群馬県警に送ってもらいましょう」

織田の声は明るかった。

夏希たちは小坂署長たちの立っているあたりに戻った。

「では、長野市までお願いします」

「ではくれぐれもお気をつけて」

小坂署長は深々と頭を下げた。

ほかの私服警官たちもそろって身体を折った。

「あちらのパトカーへどうぞ」

ばつの悪そうな顔で山村がふたりに声を掛けて手を差し向けた。

回転灯をまわしたままのパトカーに夏希たちは案内された。

ドアを山村が開けてくれたので、夏希と織田は後部座席に滑り込んだ。

ドライバーは若い制服警官だった。

「安中中央署地域課の佐野《さの》と申します。長野市までお送り致します」

振り返った佐野はさわやかな声で言った。

「警察庁の織田です」

「同じく真田です」

夏希たちは次々に名乗った。

パトカーのかたわらには小坂署長をはじめ安中中央署の面々が整列するかのように立っていた。

「とりあえずクルマを出して下さい」

織田も窮屈に感じたのだろう。手短に佐野に指示した。

パトカーが動き始めると、小坂署長たちはいっせいに頭を下げた。

六人の男たちは車窓の外で小さくなっていた。

【3】

ロータリーを出るところにあるラウンドアバウト（環状交差点）の手前で、佐野はいったんパトカーを停めた。

「行き先のご住所を伺いたいのですが……」

佐野は恭敬な態度で訊いた。

「長野市小鍋〇〇〇番地です」

織田の答えを聞きながら、佐野はカーロケナビに住所を入力した。

パトカーのダッシュボードまわりには無線機はもちろん、警察移動電話、ウィンドウズのタブレットPCなどが、ところ狭しと装備されている。このカーロケナビは警察独自のカーナビである。タクシーに搭載されたカーナビに似た画面表示である。

「実は上信越道《じょうしんえつどう》の松井田《まついだ》妙義《みょうぎ》インターが工事のために閉鎖されておりまして、佐久《さく》インターから乗ることになります。碓氷峠は国道一八号で越えますので、少し時間が掛かります」

　佐野は背中で答えた。

「経路についてはおまかせします。どれくらい掛かりますか」

　織田は鷹揚《おうよう》な調子で訊いた。

「そうですね、松井田妙義から乗れば一時間半ちょっとで着きますが、二時間強を見て頂ければ」

「現在、八時三七分なので一〇時四〇分頃には着きますね」

　それでも横井たちよりは大分早く着くだろう。

「そうですね……あれっ？」

　説明をしながらカーロケナビを見入っていた佐野が素《す》っ頓狂《とんきょう》な声を出した。

「どうかしましたか」

　織田が訊くと、佐野は振り返って弱り顔で言った。

「国道一八号線、横川駅付近で通行止めが出ていますね。事故の復旧に時間が掛かるらしい。これだと旧碓氷峠も碓氷バイパスも使えないなぁ……軽井沢へは入れません」

「困りましたね」

　織田と夏希は顔を見合わせた。

「いえ、大丈夫です。別の経路をとります」

佐野は張りのある声で言った。

「迂回路《うかい》があるのですね」

織田の声には期待がにじんだ。

「この県道四八号から国道四〇六号で長野原《ながのはら》に出ます。菅平《すがだいら》、須坂《すざか》を通って長野市へ入れます。なんとこの四〇六号は目的地の小鍋を通って鬼無里《きなさ》を抜け、大町《おおまち》市まで続いているんですよ」

おもしろそうに佐野は言った。

織田は自分のスマホを取り出してマップアプリを開いた。

釣られるように夏希もマップを覗《のぞ》き込んだ。

「ああ、ほんとだ。鬼無里から白馬《はくば》村へ出るあの国道じゃないですか」

織田は明るい声で言った。

「こちら側の基点は高崎市なんですよ」

佐野も元気よく答えた。

マップを指でたどって織田は夏希に経路を教えてくれた。

高崎の郊外から上州《じょうしゅう》の山奥を抜け吾妻川《あがつまがわ》を遡《さかのぼ》って鳥居《とりい》峠で菅平へ、さらに須坂に下って善光寺平《ぜんこうじだいら》から長野盆地へという、意外なルートを通る国道であることに驚いた。目的地を過ぎてから、さらに鬼無里から白馬へと続いている。

季候のよいこの季節、のんきな気分でドライブしたら楽しいだろう。

「大糸線《おおいと》沿線ならけっこう詳しいんですがね。僕は松本市《まつもと》の出身なんですよ」

織田も楽しそうに言った。

「そうなんですか。驚きました。自分は嬬恋村《つまごい》の出身なんで、鳥居峠を越えれば菅平です。長野県はすぐお隣なんですよ」

佐野は親しげに答えた。

「この国道四〇六号ルートを通るとだいぶ時間が掛かりますか？」

織田は不安そうに尋ねた。

佐野はカーロケナビに何やら入力している。

「上信越道を使っても、一八号でも、四〇六号でもだいたい一一〇キロくらいの距離なんですよ。四〇六号だと一〇分くらい余計に掛かりますが」

「それはびっくりですね。意外と近道なんだな。それだと一一時前には着くな」

「ええ、遅くとも一一時頃にはお送りできると思います」

佐野の声は自信にあふれていた。出身地を通る道なので自信があるのだろう。

「では、参りましょう」

織田の言葉でパトカーは走り始めた。

ラウンドアバウトを左方向に進むと、パトカーは白いセンターラインの比較的新しい道を走り始めた。

「この道は駅前ロータリーの周回部分も含めてずっと県道四八号線です。八キロ弱で国道四〇六号線に入ります。駅から離れるとそれほど広くはないのであまり飛ばせません」

佐野はステアリングを握った背中で言った。

「無理に飛ばさなくていいですよ」

織田は気遣わしげに答えた。

「わかりました。サイレン鳴らしますか」

佐野が背中で訊《き》いた。

「近くの農家には迷惑かもしれませんね。でも、時間もまだ早いし、サイレンを鳴らしていけば、ほかのクルマと出会い頭に衝突するような危険は避けられるでしょう。事故防止のためです。できればそうしてください」

織田は細かい気遣いのできる男である。

警察組織にいると、織田のこうした繊細さがとても貴重に感ずる。

「了解しました。この道はしばらくはほとんど人家もありません。緊急走行だと、さっきの計算よりも少し早く着く可能性が高いですね。山道なのでとても八〇キロは維持できないと思いますが。この先、国道四〇六号に入ったらサイレンは切ります」

にこやかに佐野は答えた。

意外と知られていないが、緊急車両にも制限速度はある。赤色回転灯をまわしてサイレンを鳴らしても上限速度は一般道八〇キロ、対面通行でない高速道路では一〇〇キロと決まっている。ただし、スピード違反取り締まり時はこれを超えることができる場合がある。

「とにかく安全運転でお願いします」

織田はやわらかい口調で頼んだ。

「おまかせください」

パトカーはサイレンを鳴らしてゆるやかなカーブの続く山道を疾駆し始めた。

あたりには灯りというものがまったくない。

周囲の暗い林の木々が赤色回転灯の光でほの明るいだけである。

手もとのスマホを織田はささっといじっている。

「織田隊長の就任のごあいさつ、自分はテレビで拝見しました」

佐野は背中で言った。

「ああ、結成式の……」

いまさらながらだが、夏希はその報道を見そびれていた。

織田の就任あいさつを知っていれば、昨日、あんなに驚くことはなかっただろう。

「はい、『日々国民に大きなサイバー犯罪の危機が忍び寄っている。目に見えぬ敵に対して最高の技術と情熱によって真っ向から戦いたい』とのお言葉に感銘を受けました。そんな織田隊長のお役に立てて光栄です」

佐野は声を弾ませた。

「はは、あれは本音を言っただけです。そう、佐野さん、僕は真田さんといま取り組んでいる事案について触れることがあっても、所轄の上司をはじめ、誰かに口外しないでください。よろしくお願いします」

織田はやんわりと釘《くぎ》を刺した。

「かしこまりました。織田隊長のご命令は絶対に守ります」

佐野は嬉《うれ》しそうに答えた。

「頼みますね」

「むろんのことです。それにしても警察庁って不思議なところですね」

佐野が背中で言った。

「どういうところが不思議なんですか」

なにを言いたいのか。

「織田隊長も真田分析官も自分のような下っ端にていねいな口をきいてくださる。群馬県警じゃ考えられないことですよ。織田隊長は階級でいえばうちの署長と一緒だし、真田分析官は係長と一緒です。署長に直接口をきくことなんて滅多にないですよ。係長にだっていつもへいこらです」

佐野は小さく笑った。

「これは織田さんの人格のなせる技です」

夏希は嬉しくなって言った。

「いいえ、真田さん。これはサイバー特捜隊のカラーですよ」

織田はやんわり否定した。

しばらくパトカーは夜の闇のなかを走り続けた。

スマホをいじっていた織田が夏希へと向き直った。

「してやられましたね……」

静かな口調で織田が言った。

「ええ、ひどい目に遭いました」

山村の態度を思い出して、夏希はちょっと悔しくなった。

「まさか、こんな手で来るとは思いませんでした」

織田は眉根《まゆね》を寄せた。

「それにしても織田さんを中国のスパイ扱いするなんて」

夏希は腹立ち紛れに答えた。

「殺人犯にされなくてよかったですよ」

平気な顔で織田は笑った。

「冗談じゃありませんよ」

「まぁ、えん罪の中身が、いかにも彼らしいですね。しかし、警視庁の回線もクラッキングされているとは……」

織田は低くうなった。

「サイバー特捜隊が警察庁と回線を分離している理由が身にしみました」

「うちの回線にはそう簡単には侵入させませんよ。監視体制も厳重ですし」

織田は自信ありげに言った。

「クラッキングの事実、五島さんに急いで連絡しなくていいのですか」

夏希の言葉に織田はかるくあごを引いた。

「五島くんにはメールしときました。でも、警視庁公安部はこの件について、事実がわかった段階でサイバー特捜隊には一報を入れているはずです。あとで連絡ミスを指摘されたくないですからね」

さっきスマホをいじっていたのは五島あてだったのだ。

ほとんど人家がなく対向車もほとんどない県道の橋で川を渡ると、パトカーは十字路を左折して黄色いセンターラインの道に入った
「ここからは国道四〇六号線になります。サイレン切りますね。住所は高崎市倉渕町《くらぶちまち》で高崎北警察署の管轄になります。いま渡った左手を流れている川は、利根川《とねがわ》水系の一級河川烏川《からすがわ》です」

佐野が説明してくれた。

「この道が大町まで続いているとはなぁ」

織田が感慨深げに言った。

「そうですね、こんな上州の淋《さび》しい山里から、北アルプスの山麓《さんろく》地帯に続くんだから道路っていうのは不思議なものですね」

佐野は愉快そうに答えた。

森のなかの県道四八号とは異なり、国道四〇六号線は浅い谷沿いの農村地帯に続いている道だった。対向車は少ないが、たまにヘッドライトがこちらへ向かってくる。三桁《けた》とはいえ国道だけあって、道の両側にはコンビニや商店、消防署や町役場などがぽつりぽつりと現れる。

しばらくそんな田園地帯を進んだ。

安中榛名駅を出て十数分たった頃だろうか。

「あれっ」

佐野が驚きの声を上げて、パトカーを停めた。

クルマやバイクが追い抜いてゆく。

「どうかしましたか」

織田の問いに、佐野は前方の電光道路情報板を指さした。

「あれを見て下さい」

——国道四〇六号須賀尾《すがお》峠付近　がけ崩れ　長野原方向通行止

「うわー」

「ありゃりゃ」

夏希と織田は声をそろえて叫んだ。

今日はいろいろなところで道路の問題が起きている。運が悪いというのか……。

「須賀尾峠というのはどこですか」

織田は眉《まゆ》をひそめて訊《き》いた。

「ここから三〇キロくらい先なんですが、東吾妻町《ひがしあがつままち》と長野原町《ながのはらまち》の境界付近です。この峠を越えられないと、JR吾妻線沿線地帯には出られず、計画していたルートを通行するのは無理になります」

佐野は気難しげに答えた。

「迂回路《うかい》はないのですか？」

「幸いにも迂回路があります」

佐野はカーロケナビを操作してマップの表示エリアを拡大した。

夏希と織田は身を乗り出して、液晶画面を見た。

「いま、ここにいます。安中榛名駅から一五キロくらいの地点です。右側に見えているのが高崎市立倉渕《くらぶち》小学校のフェンスです」

校舎は見えないが、右の石垣の上には学校のグラウンドのようなスペースが広がっている。

「前方のナビ板を見て下さい」

「直進は草津《くさつ》、中条《なかじょう》と書いてありますね。左に枝分かれてしている道には北軽井沢と書いてある」

織田がナビ板を読み上げた。

「その北軽井沢に抜ける道が迂回路です。草津街道とも言われている県道五四号線です。浅間隠山《あさまかくしやま》の南麓《なんろく》を通り、二度上《にどあげ》峠で北軽井沢に出ます。北軽井沢は実は群馬県の長野原町にあるんですけどね。北軽井沢から嬬恋村へ抜ける道があって、予定ルートの国道四〇六号線に戻れます」

佐野の指さすルートは、烏川をさらに遡《さかのぼ》ってまるきりの山のなかを通っていた。しばらく進むと集落もなくなり、キャンプ場だの、温泉だのという表示が見られる。また、二度上峠に上り下りする道はかなりのワインディングロードだった。

「迂回路の県道五四号を通ると、だいぶ遠回りになるんですか」

織田は心配そうに訊いた。

「もとのルートでここから二時間で現場に着く予定でしたが、県道五四号を使うとなると、距離は同じくらいですが、道が細いので一五分くらい余計に掛かるかもしれませんが」

佐野は平らかな声で答えた。

「では、大きな問題はないですね。その迂回ルートで孀恋村に出ましょう」

織田はホッとしたように言った。

「了解しました。孀恋からは予定通りに国道四〇六号で菅平、須坂、長野市へと進みます」

佐野はパトカーを始動させ、左の道へと入っていった。

県道五四号の幅員は国道とそれほど変わらなかったが、周囲はいくらか淋しくなった。

烏川が右側につかず離れず続き、道の左右には農家が点在している。商店などの灯りは見られなかった。

対向車は一台もなく、もちろん人影も見なかった。

しばらく進んで道が二度上峠への上り坂にさしかかると、左右の人家は途絶えた。うっそうとした杉林が続いている。

地図で予想したとおり、ワインディングが続くが、佐野の運転はとても上手でパトカーはあまり横方向に振られなかった。

佐野は県道五四号に入ってもサイレンを入れなかった。峠道を進むうちに、クルマの心地よい揺れのために夏希は眠たくなってきてしまった。

これから緊張の現場へ向かうのに、気がゆるんでいる。夏希は首を振って気を引き締めた。

右手になにかの施設の建物が見えた。夏希のスマホのマップで見ると、倉渕川浦温泉《はまゆう山荘》とある。大きな構えでなかなか立派な宿のようだが、樹木に遮られて、建物ははっきりとは見えない。

温泉を過ぎるあたりに異常気象時に道路を閉鎖するための黒と黄色のトラ縞《じま》の鉄製ゲートがあったが、問題なく開いていた。かたわらの電光道路情報板には落石注意しか出ていなかった。

「二度上峠にはトラブルはないようですね」

佐野が明るい声で言った。

「よかった。一一時一五分くらいには着きそうですね」

織田も安堵《あんど》の声を出した。

それにしても夜の山道はこんなにも暗いものなのか。

パトカーのヘッドライトに照らされる範囲以外は真っ暗でなにも見えない。夏希の住んでいる戸塚区はもとより、故郷の函館でもこんなに暗い道を通った経験はなかった。

ワインディングはさらに激しくなり、ヘアピンに近いカーブも現れ始めた。

だが、佐野の運転は安定していた。

ふと夏希の頭に、さっき安中榛名駅前で脳裏をよぎった疑惑が浮かんできた。

「わたし、心配なんです。どうして犯人はわたしたちが安中榛名駅にいることを知ったのでしょうか」

夏希は織田の目を見てささやきに近い声で問いを発した。

運転席の佐野にはあまり聞かせたくない内容だったが、黙ってはいられなかった。

「いや、それはわたしが安中中央署に電話したからじゃないですか」

織田も低い声で答えた。

「言い方が悪かったですね。なぜ被疑者は、わたしたちがあさま625号に乗ったことを知ったのでしょうか。わたしたちがあの列車を利用しているからこそ、スミスはCOSMOSをクラッキングしたのではないでしょうか。準備そのものは以前からしていたでしょうが、実行したのはわたしたちをあの駅に足留めして、安中中央署を使って嫌がらせしたかったからでしょう。被疑者はわたしたちがあさま625号に乗っているからこそ、新幹線を停めたのではないでしょうか……」

言葉にしているうちに夏希の不安は大きくなっていった。

「たしかに……そうですね……」

織田の声はかすれた。

「もしかすると、被疑者はわたしか織田さんのスマホをクラッキングしているのではないでしょうか」

スマホを乗っ取られていれば、GPSによってスミスに位置情報をすべてつかまれてしまう。

「うかつでした。真田さんのご指摘は警察庁の回線ハッキングだけでは説明がつかない……」

しくじったという顔で織田は目をつぶった。

「なんとなく不安になったので、安中榛名の駅を出るときにGPSは切りましたが……」

「ふだんからわたしはGPSは切っていますが……」

織田の心配そうな声は変わらなかった。

第四章　陥《かん》　穽《せい》

【1】

夏希たちの思いとは裏腹に、パトカーは暗闇のワインディングを快適な速度で疾走してゆく。

峠道をずいぶんと登ったところだった。

急ブレーキの音が響き、パトカーが前のめりになるような感じで停まった。

どうしたのだろう。

「前方に誰か倒れていますっ」

緊迫した佐野の声が聞こえた。

「ああっ」

思わず夏希は叫び声を上げた。

フロントグラス越しに黒い人影が見える。

道路は右へ急なカーブを描いているが、その手前の左端に畳二枚を縦に並べたよりいくらか広い未舗装の空地がある。クルマが停められるほどのスペースだ。奥は杉林になっていて雑草がたくさん生えている。

その土の上に……。

頭を向こうにして黒い人影が左横向きに背を丸めている。

隣にバイクも転がっている。

「事故だな」

織田がうめくように言った。

「ほかに車両もないようだし、単独事故かもしれませんね」

佐野は考え深げな声を出した。

「いずれにしても、迅速に救助しなければなりません」

織田は厳しい声音で言った。

身体は動かないが、生きているように夏希には感じられた。

精神科とはいえ夏希も臨床経験を持つ医師だ。

医療器具は持っていないが、それでもなんらかの救命措置を施すことはできるはずだ。

「わたしが見てきます」

佐野はハザードを点滅させると、クルマの外に出た。

意外と痩《や》せ型だが、佐野は警察官としては中くらいの身長だろうか。

「わたしたちも出ましょう」

織田の言葉に従って、夏希は左側のドアを開けて道に降り立った。

杉の葉の香気が夏希の鼻腔《びこう》に忍び寄ってきた。

後ろから織田も降りてきた。

パトカーから降りるときに佐野が室内灯を点灯したので、あたりはほんのりと明るい。

左横を向いているので顔は見えないが、倒れているのは男で間違いないようである。

フラッシュライトを点灯して、佐野は男に歩み寄っていく。

フルフェイスのヘルメットをかぶって黒っぽいライダースジャケットを着ている。

「おい、大丈夫か」

佐野が声を掛けて男の背中側にかがみ込んだ。

その瞬間である。

背中を向けて倒れていた男が、ごろっとこちら側に転がった。

男は小さななにかを手にしている。

シュージというようななにかを噴射するような音が聞こえた。

夏希の背中に冷たいものが走った。

「ぎゃあおおおっ」

ライトを放り出して佐野が絶叫した。

「きゃああっ」

知らず夏希も叫んでいた。

「な、なんだっ」

織田がのけぞって叫んだ。

シュージ。シューッ。

男はさっと立ち上がり、佐野の顔に向けて執拗《しつよう》に霧状のもので攻撃する。

「うおおおおっ」

佐野は顔を両手で押さえ、地面に突っ伏した。

その場で佐野はごろごろと転がっている。
ついに佐野は地面に突っ伏してしまった。
うなり声を上げながら、背中を大きく震わせている。
夏希も織田も瞬時のことに突っ立っていることしかできなかった。
男は素早い仕草で佐野に近づいてその右腰に手を伸ばした。
「まずいっ」
織田がうめき声を上げた。
男は拳銃《けんじゅう》を引き抜こうとしているのだ。
夏希の全身の血は凍った。
次の瞬間、信じられない光景が夏希の目の前に出現した。
織田は素早く男の背後にまわった。
「やめろっ」
叫びながら織田は右足の爪先《つまさき》で男の腰に激しい蹴《け》りを入れた。
「ぐおっ」
蹴られた勢いで、男は一メートルほど右手に横向きですっ飛んだ。
織田は続けざまに男の脇腹を蹴り続けた。

「ぐふっ」
何回か男のくぐもった悲鳴が聞こえた。
夏希の鼓動が期待で高まってゆく。
肩で息をしながら、織田は次の攻撃を加えるために身がまえた。
ところが……。
一瞬、身体を右へひねったと思うと、男はバネのように俊敏に起《た》ち上がった。
「この野郎っ」
男は手にしていたものを織田の顔に向かってつよい力で投げつけた。
佐野を攻撃したスプレー缶だった。
「うわっ」
避《よ》ける余裕が織田にはなかった。
織田の顔面にスプレー缶が当たる鈍い音が響いた。
たまらず織田は身体のバランスを崩した。
織田が姿勢を立て直す暇もなく、男は佐野に迫っていった。
ホルスターは他人に拳銃を奪われないように設計されている。
だが、無駄だった。

男は手早くグリップ下部に取り付けられた金具をリリースして吊《つ》り下げ紐《ひも》を外した。
次の瞬間、黒いリボルバーは男の手に握られていた。
両足を少し開いて男は銃を夏希たちに向けた。
汗が夏希の額ににじみ出た。
夏希の希望は瞬時に打ち砕かれた。
「動くなっ」
男は激しい声で叫んだ。
「両手を挙げろ」
ヘルメットのなかから低い声で男は脅しつけた。
銃口が織田の胸を狙っている。
夏希と織田はそろって両手を宙に挙げた。
つよいめまいを感じた。
男との遠近感が狂う。
背中が一枚の板になったようにこわばっている。
ひざがガクガクと震えて立っているのがやっとだった。
「アンダーソンくん、痛い目に遭わせてくれたな」

笑いを含んだ奇妙な声に変わった。

中音で微妙な陰影を持つ声だった。

「エージェント・スミスなんだな……」

織田はかすれた声で訊《き》いた。

だが、男は含み笑いを漏らしただけだった。

「さっきのお礼に、アンダーソンくんには鉛玉をお見舞いしよう」

男は銃身をわずかに揺らめかした。

「やめろ……」

織田の声は低く沈んだ。

「はははは、天下の織田隊長もざまはないな」

嘲《あざけ》るように男は笑った。

「言うことを聞かないと、引き金を引くぞ」

男は右の親指で安全装置を外した。

「この制服くんの腰から手錠を取り出して、本人の両腕に掛けろ」

威迫の色を帯びた声で男は命じた。

織田は動かなかった。

「早くしろっ」

男は銃口を織田の顔に構え直して荒々しく叫んだ。

「そのイケメン顔に一発いくぞっ」

織田は仕方なく突っ伏している佐野に歩み寄って屈《かが》んだ。

佐野の左腰に装着されている革ケースから手錠を取り出した。

「佐野さん、相手は銃を突きつけている。我慢してくれ」

声を掛けても佐野は苦しそうにうなり声を上げるばかりだった。

ガチャリと冷たい音が響いた。

「熱い、熱い……」

佐野はうなされたように弱々しい声を漏らしている。

「彼は大丈夫なのか……」

織田は声を震わせて訊いた。

「ああ、わたしは親切な人間でね。熊よけスプレーはいろいろと有害だろ？　だから対人用催涙スプレーを使った。顔の皮を剝《は》がされたような激痛に襲われただろうし、いまも激しい灼熱《しゃくねつ》感を覚えているはずだ。しかし、時間が経てばすべて収まる。大きな後遺症が残るおそれはない。もっともアンダーソンくんには、これからなにをご馳《ち》走《そう》するかわからんがね」

　ふたたび男は含み笑いを漏らした。

「さぁ、アンダーソンくん。もとの位置に両手を挙げて立て」

　織田は指示に従うしかなかった。

　夏希は気づいた。この男がスミスかどうかはわからない。

　だが、語彙《ごい》は豊富で話法も理路整然としている相当に教育のある人間であることは間違いがない。奇妙なユーモアのセンスも感じる。この男はメッセージの書き手に違いない。

　こんなに流ちょうな日本語を話せる中国人が存在するとは考えにくい。スミスは李暁明ではないと夏希は確信した。

　スモークの入ったヘルメットシールドのせいで顔はよく見えない。

　声の調子からすると、三、四〇代だろうか……。

「かもめ★百合くん、いや、真田分析官、初めまして。わたしが想像していたよりずっと美しい方だね。たくさんのメッセージをありがとう」

　男はおもしろそうに笑った。

「メールをくれてたスミスさんなんですね」

夏希は震えを抑えて平静な声を出すように努めた。

「ああ、君のメールはなかなか愉快だったよ」

スミスは含み笑いを漏らして言葉を続けた。

「真田分析官、見ての通り、いま銃口は織田隊長の胸に向けている。わたしの言うことをきかないと、瞬時に彼は死ぬ。まずは、制服くんが放り出したライトを拾え」

語気強くスミスは命令を下した。

「わ、わかりました」

夏希はふたたび生じた身体の震えを抑えられずに答えた。

佐野の身体の前方一メートルあたりで光を放っていたフラッシュライトを拾った。

「よし、続けてパトカーのイングニッションキーを抜いて奥の林に放れ」

スミスは低い声で命じた。

筒先を向けられた織田はこわばったまま動けないでいる。

夏希はスミスの言葉に従ってパトカーに近づくと、運転席のドアを開けた。

ステアリングコラムからキーを引き抜き、林に向かって投げた。

「室内灯を消してドアを閉めてから、織田隊長の隣に立て」

灯りを消すとこんなに星があるのかと思うほど、天空には一面の星が輝いている。

手もとのフラッシュライトだけが頼りだ。

夏希は手を挙げたまま立っている織田の横に並んだ。

「どうするつもりだ」

織田が短く抗議口調で言った。

「余計なことを訊くな」

スミスは不機嫌そうに答えた。

織田は口をつぐんだ。

銃口は相変わらず、織田の胸のあたりを狙っている。

まさかふたり並べて撃ち殺すのでは……。

夏希の首筋に嫌な汗が流れ落ちた。

「このカーブの向こう側まで歩いてもらう。言っておくが、おかしなマネをすると背中にズドンだぞ。君たちふたりの運命はわたしの手のなかに握られていることを忘れないでくれ。さぁ、行くんだ」

夏希たちは踵《きびす》を返すと、県道に出てカーブを歩き始めた。

常に銃口の冷たい気配を背中に感じて、夏希の足はもつれそうになった。

カーブを曲がったところに細い道が右手に分かれていた。

「この道を上れ」

スミスは背中から脅しつけた。

細い道は舗装されておらず、草の露がくるぶしを濡《ぬ》らした。

まわりの草むらからは虫の声が夏希を包むように聞こえてくる。

自分たちが転ばないように気をつけ、夏希はフラッシュライトで足下を照らして歩いた。

五〇メートルほど歩くと、雑木林に囲まれて一軒の倉庫のような建物が現れた。

暗くてよくはわからないが、かなり古そうな二階建てであった。

こちらを向いた壁には格子の入ったガラス窓が二箇所穿《うが》たれていて、内部から薄ら灯《あか》りが漏れている。

「建物に入るんだ」

スミスは低く脅しつけた。

入口の黒く塗られた鉄扉は開かれていた。

低い三段のポーチを上がって夏希たちは室内に入った。

【2】

内部へ入ると埃《ほこり》っぽく、かび臭い匂いが鼻をついた。

建物は古い木造建築で、窓は入口側にしかなかった。

床はコンクリート打ちっぱなしで、壁はベニヤ板のようにも思われる安っぽい作りだった。

建物の内部で部屋は分かれておらず、二階に続く階段があるだけでガランとした空間が広がっていた。

この建物は、現在は使われていない倉庫と考えられた。

薄ら灯りは電池式のランタンが放つものだった。

室内にはこれといった什器《じゅうき》などは見当たらなかった。

電気も来ていないと思われ、ＰＣ等も置いてあるわけがない。

スミスのものと思われる黒いディパックが目立つ。

この建物がスミスたちのアジトであるとは考えられなかった。

置き忘れなのか、古びたパイプ椅子がふたつ、座れる状態で置かれていた。

スミスは素早く夏希たちの前に出て、銃を構え直した。

「ふたりともこちらを向きたまえ」

低い声でスミスは笑った。

夏希と織田は身体をスミスの立っている方向に向け直した。

いつの間にかスミスはヘルメットを脱いでいた。

しかし黒いフリースの目出し帽をかぶっている。

しかも、目元までメッシュが覆っているタイプだった。

その人相はまったくわからなかった。

「こんなところへ連れ込んで、なにをするつもりなんだ」

不機嫌そのものの声で織田は訊《き》いた。

生命を脅かされているのに、織田の精神力のつよさに夏希は驚かざるを得なかった。

「ちょっと話がしたいと思ってね。君たちの席を用意しておいた」

スミスは平板な声で答えた。

「わたしにも訊きたいことが山ほどある」

織田は強気の言葉を続けた。

「そう興奮しなくてもいい。まずは織田隊長、椅子に掛けたまえ」

スミスは筒先を上下に揺らめかした。

仕方なく織田はちょっと後ろへ下がって、背中から左側の椅子に腰を掛けた。

夏希も同じように椅子に座ろうとすると、スミスが止めた。

「ああ、真田分析官、ちょっと待ちなさい」

夏希は動きを止めた。

スミスは右手で銃を構えたまま、左手で床に転がっていたディパックを引き寄せた。

なかから黒っぽいものを取り出して床の上に放った。

固い音が響いた。

輪が開かれたままの黒っぽい手錠だった。

「これを織田隊長にプレゼントしろ。左右の手首に掛けるんだ」

「手錠を掛けるんですか」

夏希は自分で訊いていても間抜けと感ずることを訊いた。

「そうだ、暴れられても、逃げ出されても困るからな」

当然のことだという口調でスミスは言った。

「織田さん、すみません」

夏希は詫《わ》びつつ、織田の手首に手錠を掛けた。

「気にしないでください」

織田は小さい声で答えた。

「さぁ、真田分析官。椅子に座りなさい」

ていねいな口調に戻ったが、スミスの言葉に逆らうことはできない。

夏希はちょっと位置を確かめてから右側の椅子に後ろ向きに座った。

「あなたにもプレゼントをあげましょう」

これからスミスがなにをするつもりかは誰でもわかる。

「これでいいですか」

夏希は両腕を手首のところで合わせて前に突き出した。

「いやいや、恐縮ですね」

いつの間にかスミスは夏希に対してのメールで使っていたような言葉遣いに変わっている。

スミスはデイパックから二個目の手錠を取り出して夏希の腕に掛けた。

冷たい感触が腕に走った。

「いきなり逃げられては困るからね」

もうひとつの手錠を取り出したスミスは夏希の右足首と織田の左足首をつないだ。

続けてスミスはディパックから小指くらいの白っぽいナイロンロープを取り出した。スミスは夏希と織田を一緒にして椅子の背もたれごとぐるぐる巻きに縛ってしまった。

この状態では逃げ出すことは不可能だ。

「さてさて、織田隊長、真田分析官。ようこそお越しくださいました。エージェント・スミスです。いままでのたくさんのプレゼントはお気に召しましたでしょうか」

スミスは初めてきちんと名乗った。

「メガバンクATM、SuicaとPASMO、携帯各社、新幹線とずいぶんたくさんやってくれましたね。おかげでうちは大忙しですよ。みんな不眠不休で働いています」

織田もいつもの調子で答えた。

「せっかく戦後警察のタブーを破ってサイバー特捜隊を立ち上げたんです。これぐらいのお祝いを差し上げたいと思いましてね」

スミスはのどの奥で笑った。

「おまけに警察庁の回線もクラッキングしてたんですね」

織田は皮肉っぽい口調で訊いた。

「そういうわけです。織田隊長と真田分析官の人事データも、もちろんもらってますよ。ふたりともすごく優秀な方なんですね」

悪びれるようすもなく、スミスは言った。

初めてメールの返事を送ってきたときから、スミスは夏希のことをよく知っていた。

「言いたかないですけどね。警察庁のセキュリティはどうなってるんですか。あんなにたくさんの外部業者をつないでいればいくらでもセキュリティホールは見つかりますよ。IT企業ばかりか、霞が関の庁舎の施設や設備の管理業者までぶら下がってるんですからね。セキュリティソフトが入っていないなんて……このご時世で絶対にあり得ない業者すらいるんですから。それからね、いまだにウィンドウズ7使ってる業者が少なくない。もう笑いが止まりませんよ。これはわたしの体感上なんですが、官公庁のネットワークの七割以上は穴だらけなんじゃないんですかね」

スミスはおもしろそうに笑った。

やはり織田がサイバー特捜隊の回線を独立させていたことには大きな意味があるのだ。

そのことにスミスは触れない。

彼らはサイバー特捜隊の回線のハッキングには成功していないのだ。

「しかし、警視庁公安部から各県警に、我々の身柄確保の要請書を送るとは思いもつかないですよ」

織田は皮肉っぽい口調で言った。

「警視庁も侵入するのは難しくありませんでしたよ。それにメールヘッダの偽装なんて歯磨きしながらできる内容ですからね」

得意げでもなくスミスは答えた。

「でもニセモノのファックスまで送ったでしょ」

「ファックスも警視庁のたいていの部署では、複合機がLANにつながっています。そこに入り込んでニセファックスを送るなんてのは実に簡単な話ですよ」

スミスはつまらなそうに言った。

「まぁ、《COSMOS》に侵入するよりはずっと簡単な話でしょうけどね」

織田の言葉にスミスは我が意を得たりとばかりにうなずいた。

「そうですね。あれは意外と手間が掛かりましたよ。ぶら下がっているものが少ない回線ですからね。でも、そこにも隙はある。逆に挑戦する意欲が湧きましたね。まぁ、織田隊長にこんなことを話すのは釈迦《しゃか》に説法でしょうけど、日本中の重要なインフラのほとんどが重大な危機にさらされています。被害に遭っているインフラが無数に存在することもご存じでしょう」

　スミスの言葉に織田は苦い顔でうなずいた。

「で、今度は所沢《ところざわ》の東京航空交通管制部にクラッキングですか」

　織田の声には悔しさがにじみ出ていた。

　この状況では手も足も出ない。

「はい、明日《あした》の朝までに一〇〇万ドル払ってもらいたいですね。全国の空港で困る人が出る前にね。大勢の人が困りますよ」

　嬉《うれ》しそうにスミスは言った。

「その前に新幹線を動かしてください」

　織田は憮然《ぶぜん》とした表情で要求した。

「さっき動かしましたよ。あなたたちが県道五四号に入った頃にはね」

　スミスはおもしろそうに答えた。

「そうなんですか」

　夏希も思わず訊《き》いた。

「ええ、もう報道されてると思いますよ。スマホのニュースでも速報が出ているはずです。そうだ。おふたりのスマホは預からせてもらいますよ」

スミスは夏希に近づいて来て手を伸ばした。

「さわらないでくださいっ」

夏希はかみつくように言って身を引いた。

スミスは熱いものにでも触れたように反射的に一歩下がった。

「わたしのスマホはパトカーのなかのショルダーバッグに入っています」

つよい口調で夏希は言った。

「わかりました。後でチェックしてからドアをロックします。ウソだったら困ったことになりますよ」

やんわりとスミスは脅した。

「ウソなんてつきません」

きっぱりとした口調で夏希は言い切った。

「わたしのスマホはジャケットの右ポケットです。ちなみにたいした情報は取れませんよ。こうしてスマホがとられる事態になっても情報を漏らさないように日頃から対処しています」

織田は傲然《ごうぜん》とした調子で言った。

スミスは織田のポケットから、大ぶりのスマホを取り出した。

「用意のいいことですね。まぁ期待しないで見てみます」

「画面にロック掛けてありますよ」

織田の言葉にスミスは噴き出した。

「よくご存じのくせに、トボけちゃって。スマホのロックをPCから解除するのなんて簡単な話ですよ。専用のソフトだって市販されてるじゃないですか」

織田はそっぽを向いた。

「ええっ、知らなかった」

夏希は驚いた。ま、自分のスマホにはたいした情報は入っていないが。

「ええ、Android用でも、iPhone用でも五〇〇〇円くらいで買えますよ。もちろん、わたしが使うようなもんじゃないですけどね」

つまらなそうにスミスは言った。

「話変わりますけど、わたしのスマホもクラッキングしてましたね」

詰問口調で夏希は訊いた。

「気づいてましたね。パトカーのなかでGPS切ってましたもんね」

やはり、あのときも監視されていたのだ。

「どうやって乗っ取ったんですか」

「数日前、あなたの携帯あてに送ったＳＭＳですよ」

笑い混じりにスミスは言った。

「あ……五島さんからの……」

夏希は言葉を失った。

「そう、真田さんの同僚の名を騙《かた》ってみました。あなたはあのＳＭＳに記載されていたＵＲＬを開いた」

スミスは愉快そうに言った。

あとでゆっくり見ようと思ってそれきりにしていた。出勤してからは忙しさに取り紛れて五島に確認することも怠っていた。

「リンク先は警視庁職員信用組合でした。あれがどうしたんですか」

夏希には意味がわからなかった。

「あれは偽装サイトです。開いたとたんに端末はマルウェアに感染します」

スミスはあっさりと答えた。

「まさか偽装サイトだなんて……制服警官の写真も載ってて、デザインもちゃんとしてましたよ」

驚くほかなかった。

「本家の写真やデータをそっくりパクったんですよ。でもね、見た目が本家とまったく変わらない偽装サイトなんて世界中に何百万とありますよ」

「そうなんですか」

夏希は肩を落とした。

「あのサイトにアクセスしてもらえたおかげで、真田さんの携帯は我が手でコントロール可能となりました。いまのところGPSの位置情報を読み取っただけですけどね。ネットバンクを開いてくれれば全財産ごっそり頂けちゃったかもしれませんね。あなたの顔写真をこっそり撮ることもできたんですよ」

スミスはヘラヘラと笑った。

「そんな……」

夏希はぞっとした。もちろん、口座のお金を失うことはおそろしい。

だが、うっかりスマホのミラー機能など使ったら、間抜けな顔が世界中に拡散されてしまうかもしれないではないか。

「はっきりしないSMSのURLを開くなんて、初歩的なセキュリティ教育も受けていませんね。五島さんに確認すればいいじゃないですか。ま、ネットセキュリティは医科大学じゃ教えないか……」

おもしろそうにスミスは笑った。

「五島さんとわたしの携帯番号は……警察庁のデータからですか」

乾いた声で夏希は訊いた。

「ええ、あの人事データにはメアドが載っていませんでしたので、携帯番号だけで送受信できるSMSを使いました」

警察庁の人事データには学歴や職歴はもちろんだが、函館の家族の名前などの氏名や職業も記載されている。

自分だけではない。すべての警察庁職員の個人データが掲載されているのだ。

どうしてそんな大事なものをスミスのような犯罪者に握られてしまうような事態が生ずるのか。夏希はあらためて電子データ漏洩《ろうえい》の大きな危険性を感じた。

「ところで、もう気づいているから、こんなことをしてるんでしょうけど、わたしと真田さんは、長野市小鍋のあなたたちのアジトに向かう途中でした」

織田はいきなり今夜の行動に話題を転じた。

「なぜ、長野市のアジトに、織田隊長たちは向かおうとしていたのですか」

さりげない調子でスミスは訊いた。

「わたしの部下が、あなたのメールの発信元を突き止めたからです」

「その住所には李暁明という男が住んでいますね」

スミスは平然と言った。

「李は公安がチェックしていた中国政府の工作員の疑いのある人物です」

「あなたは李をエージェント・スミスと判断して逮捕に向かうところだったのでしょう」

「そうです。少なくとも一味であると考えました」

「長野市小鍋のアジトにある回線のＩＰアドレスなどの情報を流したのはわたしですよ」

せせら笑うようにスミスは言った。

夏希は頭の後ろを殴られたような衝撃を感じた。

つまり今回の長野遠征は最初からスミスに操られていたのだ。

「そうですか、誘導だったのですか。さっき襲われたときから薄々は予想していました」

気が抜けたような声で織田は言った。

「優秀なる織田隊長にしては、気づくのが遅すぎたようですね」

スミスは愉快そうに笑った。

「それではあのアジトは……」

織田は言葉を呑《の》み込んだ。

「ご心配なく。長野市での警察の奮闘は無駄にはなりませんよ。アジトにいる三人は国際的な犯罪者です。そう、とても悪質な」

おもしろそうにスミスは言った。

「三人はいったい何者なんですか？　とくに李暁明という人物は誰なのですか」

織田は力なく訊《き》いた。

「わたしの手下たちかもしれませんね」

せせら笑うようにスミスは答えた。

「違うんですか」

織田は尖《とが》った声で問いを重ねた。

「そちらで確かめればいいじゃないですか。もうアジトは囲んでいるんですから。時間の問題でしょう」

突き放すようにスミスは言った。

「三人はもうどこへも逃げることはできませんから」

しんみりとした調子で織田は言った。

「あなたと同じようにね……言っておきますが、彼らからはわたしのことは詳しくは聞けないと思いますよ」

　スミスは奇妙なことを言った。

「三人を逮捕すれば、我々は徹底的に調べ尽くします。わたしが陣頭に立ちますよ」

　織田は言葉に力を込めた。

「でも、織田隊長は長野市にはたどり着けませんよ」

　スミスはさらりと恐ろしい言葉を口にした。

　夏希の背中に汗が噴き出した。

「なぜ、わたし自身が長野市のアジトへ行くとわかったんですか」

　織田は別のことを訊いた。

「あなたは初のサイバー特捜隊長だ。もともと現場主義でたくさんの捜査本部に顔を出している方だ。そんな織田さんが、重大サイバー犯罪の被疑者確保の瞬間に立ち合わないはずはないと確信していましたからね」

　自信たっぷりにスミスは言った。

「わたし自身が指揮を執るつもりでした……」

　織田は肩を落とした。

「そうでしょうとも。長野行きの新幹線のきっぷを購入したんですからね」

スミスは小さく笑った。

「どうして、わたしたちがあさま625号の乗車券を買ったことを知ったんですか?」

織田は驚いて訊いた。

「織田さん、きっぷをクレジットカード使ってネット購入なんかしちゃだめですよ。あさま625号とあなたの公用クレジットカードの名義が紐付《ひもづ》けされちゃうんですから」

「券売システムもクラッキングしてたんですか」

「わたしはJR東日本についてはずいぶん研究してるんですよ」

「《COSMOS》までクラッキングしてるんですからね」

「その通りです。織田さん、あなたは甘いお方だ」

スミスは平然とうそぶいた。

「わたしたちをここまで誘導したんですか」

腹が立って夏希はきつい声で訊いた。

「もちろんですよ。真田さんは誘導されていたことに気づかなかったんですか。あなた方があさま625号に乗ったことを、真田さんのGPS情報で確実に知ったときから、作戦Aが発動したのですよ。もともと予定していた作戦ですがね。おふたりはあっさり引っかかってくれたというわけです」

スミスは愉快そうに言った。

「もし、わたしたちが東京からクルマで移動したらどうするつもりだったんですか」

夏希は食い下がった。

「そのときは別の計画、作戦Bを考えていました。とにかく織田さんが長野市のアジトまで出張ることは確実だと考えていたんですよ。その途中で捕獲してここへ連れ込むのが両方の作戦の共通点です」

得意げにスミスは言った。

「いったい、この建物はなんですか。あなたの第二アジトですか」

織田の問いにスミスは首を横に振った。

「ただの倉庫ですよ。わたしの持ち物じゃあない。かつてこの近くで林業をやってた人のものらしいですね。ずっと空いているようなので、ちょっとお借りした次第です。こんな電気も高速ネットもないような場所じゃあ仕事になりません。だけと、目の前の県道五四号も夜間はまず通る人がいないですからね。人目には付きませんよ」

スミスは含み笑いを漏らした。

「すぐ近くにパトカー停めたままじゃないですか。通りかかった誰かが通報しますよ」

織田は口を尖らせて反駁《はんばく》した。

「ご心配なく。この道は峠付近で落石のために、倉渕側と北軽井沢側のゲートで通行止めになっています」

「どういうことですか」

「織田さんも通ってきたでしょう。この下のゲートを閉める暇はなかったなかったんですが、道路表示板に通行止めを表示してあります。それに国道四〇六号の通行止めを解除しましたから。両方とも道路管理者は群馬県の中之条《なかのじょう》土木事務所ですよ」

「そうか……そうだったのか……」

織田はつぶやくように言った。

「国土交通省、群馬県、長野県、NEXCO東日本の道路情報システムはとっくにお邪魔してますからね。それこそ《COSMOS》に比べたら赤子の手をひねるようなものですよ。それに道路を通行止めにするのも難しくはない。ちょっとしたデータを入力するだけだから簡単なことですよ。一時的には各地にその情報が流れますから」

気負わず、さらっとした調子でスミスは言った。

「もしかすると、上信越道の松井田妙義インターの閉鎖も、国道一八号線の横川駅付近での通行止めもあなたの仕業ですか」

夏希は新たな驚きとともに訊いた。

「あたりまえです。ほかにそんなことのできる人間がいると思いますか」

スミスはせせら笑うように答えた。

なにもかもスミスの予定通りにことは運んだわけだ。この男は人知を超えた能力を持つのではないだろうか……。

「なんのために、わたしを狙ったんですか」

織田の言葉は弱々しく響いた。

「わたしはね、あなたが就任してからずっと織田信和《のぶかず》の研究を続けてきたんです。今夜はその研究発表というわけですよ」

声を立ててスミスは笑った。

「わたしに恨みでもあるのですか」

「いや、織田さんに対して個人的な恨みはなにひとつありませんよ。わたしはあなたが警察庁のサイバー特捜隊長だから研究したんです」

平板な口調でスミスは答えた。

夏希はこの言葉は偽りではなかろうと思っていた。

「ですからなんのためにわたしを……」

「日本警察のサイバー犯罪取り締まりの頂点であり、最高実力者だからですよ」

「理屈ではわかるが、あなたの真の動機はわからない。こんな手間の掛かることをしなくたって、ランサムウェアで身代金を巻き上げられるわけじゃないですか。なぜわたしのような人間を……」

どうしても織田は納得できないようだった。

だが、スミスは織田の問いには答えなかった。

瞬時、妙な沈黙が室内に漂った。

「さて、なかよしふたりの記念撮影と行きますか」

スミスは拳銃《けんじゅう》を床に置いて陽気な声を出した。

ポケットから自分のスマホを取り出したスミスはレンズを夏希たちに向けた。

「顔を背けたら、何度でも撮り直しますからね。手間を掛けさせないでください。はい、チーズ」

フラッシュが光った。

スミスは何回か連写して、写り具合を確認した。

「美男美女のとてもかっこいいカップルに撮れましたよ」

楽しそうにスミスは笑った。

「それをどうするつもりです」

織田が不快そうに訊《き》いた。

「もちろん全国公開するために撮ったんですよ」

平然とした声でスミスは答えた。

「やめてください」

夏希は叫び声を上げた。

「そうはいきませんね。この写真を撮るのが、今夜のメインイベントですから」

スミスはまたもヘラヘラと笑った。

「それではわたしはこれで失礼します」

スミスはデイパックを肩に掛けた。

ランタンはこのまま残してゆくつもりのようだ。

「おっとぉ。忘れるところでした」

デイパックのなかから四角いデジタル時計を取り出して、スミスは夏希たちから三メートルほどの床に置いた。

黒いデジタル時計には赤い文字が表示されていた。

スミスは時計の上部にあるスイッチをいじった。

表示が変わった。

「もちろん、ただのデジタル時計じゃありません。いま一〇分を表示していますが、これが〇になるとともに内蔵されているプラスチック爆弾が爆発します」

「時限爆弾なのっ」

夏希の声は裏返った。

「そうですとも。わたしが起動スイッチを押せば、一〇分後にはこの倉庫は吹き飛びます」

歌うようにスミスは言った。

「なぜ、わたしたちを殺すんだ」

織田がうめくように言った。

「今夜の発表会の総仕上げというわけです」

くっくっくっとスミスは笑った。

「馬鹿な……」

「わたしは殺されるようなことはなにひとつしていません」

織田と夏希の言葉は無視された。

「言っておきますが、いったんスタートしたら解除はできません。また、あなたたちが暴れたらその振動を感知して瞬時に爆発します。たとえば、逃げようとするなら、まずはその椅子を倒すでしょう。椅子に縛られたまま這《は》って外へ出ようとするんじゃないんですか。やめといたほうがいい。爆発します。また、この倉庫の扉にはこの南京錠を掛けます」

スミスはデイパックのなかか南京錠を取り出した。

幅一五センチくらいもある大きなものだった。

「これは倉庫用の大一号と呼ばれる南京錠ですが、見ての通り簡単なことでは開きません。外へ出ようと扉を叩《たた》くなんてことはやめてください。やはり瞬時に爆発します。とにかく爆弾のカウントが始まったら、おとなしく神に祈ることですな」

淡々とスミスは言った。

「なにを祈れというんだ」

織田はふて腐れたように訊いた。

「ふたりそろって天国に行けますようにってね」

ふふふとスミスは笑った。

夏希は最初にスミスのメールを見たときの判断を修正せざるを得なかった。

このスミスは間違いなく《反社会性パーソナリティ障害》の傾向を持つと断定できる。

この障害を持つ者は、愛嬌《あいきょう》たっぷりでおしゃべりで明るく見えるタイプも少なくない。スミスはまさしくその類型に当てはまる。

それでいながら、スミスは他者の生命をなんとも思っていない。

「では、スイッチを入れます」

宣言するようにスミスは言った。

ピッという音が倉庫内に響き渡った。

夏希の全身は激しくこわばった。

赤い文字は09：59を示した。

一秒ずつ数字は減ってゆく。

そのたびに皮膚の表面からなにかが剝《は》ぎ取られてゆくような錯覚を夏希は感じた。

床から拳銃を取ると、スミスは夏希たちに向き直った。

「おやすみなさい。永久に」

芝居がかった調子でスミスは最後の言葉を残した。

夏希と織田に向かって気取った素振りで一礼するとスミスは踵《きびす》を返した。

ヘルメットにライダースジャケットの背中が遠ざかってゆく。

扉を閉めると外で南京錠がガシャリと閉まる音が響いた。

【3】

深い海の底のような静けさが倉庫内を包んだ。

「逃げることはあきらめるしかなさそうですね」

ぽつりと織田が言った。

完全に力の抜けた声だった。

言葉通り、すべてをあきらめているように感じる。

夏希はガチガチに緊張していた。

生命の終わりを告げられても、夏希と織田ではこんなにも感じ方が違うのか。

全身の小刻みな震えが止まらない。

「そうですね」

貼り付く舌を剥がすようにして夏希は答えた。

「振動で爆発するとしつこいくらいに言ってましたからね」

ふたたび織田は力なく言った。
もがいた途端に吹っ飛ぶのはあまりに怖い。
「わたし怖いです……死にたくない」
夏希は正直な気持ちをぶつけた。
「僕だって同じことです」
織田はうつむいた。
座して死を待つ以外にはないのだろうか。
佐野はどうしているのだろう。
両手に手錠をされているから、まだ動けないでいるに違いない。
こんなときにはいつもアリシアが助けてくれた。
小川が、加藤が、上杉が……仲間たちが助けてくれた。
だが、いまは仲間たちは遠いところにいる。
助けてくれる者はどこにもいない。
「真田さん、こんなことに巻き込んでしまってなんとお詫《わ》びを言っていいのか」
織田が弱々しい声で言った。
気づいてみると、織田の顔は仮面のように凍っていた。

織田は自分のこころに湧き上がる死への恐怖を懸命に抑えつけているのだ。

彼が取り乱せば、夏希もパニックに陥る。

そんな死に様は見せられない。

もしかすると、スミスは夏希たちのようすをどこかから隠し撮りしているかもしれない。

爆発の瞬間までを、全国にネットで流しているかもしれない。

心理分析官として、いや、ひとりの人間としてそんな醜態を後世に残せない。

ひとたびネットに流れれば、醜態は永遠に残り続ける。

夏希はお腹に力を入れて自分の恐怖感を押し殺した。

「なにを言ってるんですか。わたしはサイバー特捜隊のひとりとしていまここにいます。仕事なんです。任務なんです。織田さんのせいであるわけがありません」

懸命に冷静な口調を保って夏希は織田の言葉を否定した。

「そう言って頂けると救われますが」

夏希の口調に触発されたのか、織田の言葉にも力が戻ってきた。

「こんな場合には本音の言葉しか出てきません」

夏希はきっぱりと言った。

「僕の完全な敗北です。スミスがここまで悪知恵の塊のような人間だとは思っていませんでした。すべての計略に安中榛名駅で気づくべきだった」

織田は気弱な声のままで言った。

「彼はあの場にいましたよ」

夏希はあのロータリーでのことを思い出していた。

「なんですって」

織田は驚いて夏希の顔を見た。

「あのヘルメット、ライタースジャケット……山村課長に絡まれていたときにバイクにまたがったまま写真を撮っていたスミスがいたんです」

「少しも気づかなかった」

「たぶん、倉渕小学校でパトカーが止まっていたときに追い抜いていったバイクがそれだと思います。スミスはわたしたちが県道五四号を登ってくるのを知っていて待ち伏せしていたんです」

「そうでしたか……今回、僕は最初から負けっぱなしだった。戦いに負けたからには、生命を賭《か》けて国民を守る仕事に就いている以上は、これは当然の結果なのかもしれません。だが、あなたを巻き込みたくはなかった」

織田の言葉は悲しく響いた。

「もうその話はよしましょ」

夏希の言葉に織田は黙ってあごを引いた。

「さっきスミスと戦ったときのこと……織田さんがあんな強い人だなんて思いませんでした」

あの瞬間、夏希には織田がヒーローに見えた。

「中高生のときに空手を習ってたんですよ」

織田はさらりと言った。

「意外！　勉強三昧《ざんまい》の学生時代だと思っていました」

「でも、結局スミスにはかなわなかった」

つぶやくように言う織田に、夏希は答えを返せなかった。

しばし沈黙が漂った。

「でも、真田さんと一緒にこんなときをすごすとは夢にも思わなかった」

織田がしんみりと言った。

「わたしもです。織田さんとふたりきりがこんなときだなんて」

夏希も静かに答えた。

生命の危機に陥って、初めて織田を真正面から見ようとしているのではないか。

しかし、ふたりに残された時間はあまりにも短い。

「さっき真田さんは、こんな場合には本音の言葉しか出てこないって言いましたよね」

織田は夏希の目をじっと見た。

「はい、いまさら自分を飾ったりごまかしたりする必要はありませんから」

夏希も素直に織田を見つめ返すことができた。

「自分にとって、あなたがどんなに大切な人であるかが痛いほどわかりました」

真剣そのものの顔で織田は言った。

「ありがとうございます。わたしにとっても織田さんは大事な存在です」

夏希は小さくあごを引いた。

「真田さん、いや、夏希さん」

ゆっくりと織田は顔を近づけてきた。

織田のことをどう思っているのか自分でも判断ができなかった。

だが、生命の瀬戸際に織田のあたたかさがほしかった。

夏希は織田の気持ちを受け容《い》れようと自分の顔を近づけた。

手錠が邪魔でうまく自分の顔を寄せられない。

もどかしさに夏希は身をよじった。
そのときアラームが鳴り響いた。
反射的に夏希は織田から身を引いた。
爆発三〇秒前だ。
なにかにぎゅっと摑《つか》まれたように心臓が収縮した。
夏希は目をつむり震えていることしかできなかった。
時間表示は残り五秒になっていた。
5・4・3・2・1……。
あと一秒ですべてが終わる。

（次巻「イリーガル・マゼンタ」につづく）

本書は、書き下ろしです。
本作はフィクションであり、登場する
人物・組織などすべて架空のものです。

脳《のう》科《か》学《がく》捜《そう》査《さ》官《かん》　真《さな》田《だ》夏《なつ》希《き》

ナスティ・パープル

鳴《なる》神《かみ》響《きょう》一《いち》

令和4年 7月25日　初版発行

発行者●堀内大示

発行●株式会社KADOKAWA
〒102-8177　東京都千代田区富士見2-13-3
電話　0570-002-301（ナビダイヤル）

角川文庫 23257

印刷所●株式会社暁印刷
製本所●本間製本株式会社

表紙画●和田三造

ISBN 978-4-04-112824-4　C0193

◇◇◇

角川文庫発刊に際して

角川源義

第二次世界大戦の敗北は、軍事力の敗北であった以上に、私たちの若い文化力の敗退であった。私たちの文化が戦争に対して如何に無力であり、単なるあだ花に過ぎなかったかを、私たちは身を以て体験し痛感した。西洋近代文化の摂取にとって、明治以後八十年の歳月は決して短かすぎたとは言えない。にもかかわらず、近代文化の伝統を確立し、自由な批判と柔軟な良識に富む文化層として自らを形成することに私たちは失敗して来た。そしてこれは、各層への文化の普及滲透を任務とする出版人の責任でもあった。

一九四五年以来、私たちは再び振出しに戻り、第一歩から踏み出すことを余儀なくされた。これは大きな不幸ではあるが、反面、これまでの混沌・未熟・歪曲の中にあった我が国の文化に秩序と確たる基礎を齎らすためには絶好の機会でもある。角川書店は、このような祖国の文化的危機にあたり、微力をも顧みず再建の礎石たるべき抱負と決意とをもって出発したが、ここに創立以来の念願を果すべく角川文庫を発刊する。これまで刊行されたあらゆる全集叢書文庫類の長所と短所とを検討し、古今東西の不朽の典籍を、良心的編集のもとに、廉価に、そして書架にふさわしい美本として、多くのひとびとに提供しようとする。しかし私たちは徒らに百科全書的な知識のジレッタントを作ることを目的とせず、あくまで祖国の文化に秩序と再建への道を示し、この文庫を角川書店の栄ある事業として、今後永久に継続発展せしめ、学芸と教養との殿堂として大成せんことを期したい。多くの読書子の愛情ある忠言と支持とによって、この希望と抱負とを完遂せしめられんことを願う。

一九四九年五月三日

角川文庫ベストセラー

脳科学捜査官　真田夏希　鳴神響一

神奈川県警初の心理職特別捜査官・真田夏希は、医師免許を持つ心理分析官。横浜のみなとみらい地区で発生した爆発事件に、編入された夏希は、そこで意外な相棒とコンビを組むことを命じられる——。

脳科学捜査官　真田夏希
イノセント・ブルー　鳴神響一

神奈川県警初の心理職特別捜査官の真田夏希は、友人から紹介された相手と江の島でのデートに向かっていた。だが、そこは、殺人事件現場となっていた。そして、夏希も捜査に駆り出されることになるが……。

脳科学捜査官　真田夏希
イミテーション・ホワイト　鳴神響一

神奈川県警初の心理職特別捜査官・真田夏希が招集された事件は、異様なものだった。会社員が殺害された後に、花火が打ち上げられたのだ。これは殺人予告なのか。夏希はＳＮＳで被疑者と接触を試みるが——。

脳科学捜査官　真田夏希
クライシス・レッド　鳴神響一

三浦半島の剱崎で、厚生労働省の官僚が銃弾で撃たれ殺された。心理職特別捜査官の真田夏希は、この捜査で根岸分室の上杉と組むように命じられる。上杉は、警察庁からきたエリートのはずだったが……。

脳科学捜査官　真田夏希
ドラスティック・イエロー　鳴神響一

横浜の山下埠頭で爆破事件が起きた。捜査本部に招集された神奈川県警の心理職特別捜査官の真田夏希は、カジノ誘致に反対するという犯行声明に奇妙な違和感を感じていた——。書き下ろし警察小説。

角川文庫ベストセラー

脳科学捜査官　真田夏希
パッショネイト・オレンジ
鳴神響一

鎌倉でテレビ局の敏腕アニメ・プロデューサーが殺された。犯人からの犯行声明は、彼が制作したアニメを批判するもので、どこか違和感が漂う。心理職特別捜査官の真田夏希は、捜査本部に招集されるが……。

脳科学捜査官　真田夏希
デンジャラス・ゴールド
鳴神響一

葉山にある霊園で、大学教授の一人娘が誘拐された。その娘、龍造寺ミーナは、若年ながらプログラムの天才。果たして犯人の目的は何なのか？　指揮本部に招集された真田夏希は、ただならぬ事態に遭遇する。

脳科学捜査官　真田夏希
エキサイティング・シルバー
鳴神響一

キャリア警官の織田と上杉の同期である北条直人が失踪した。北条は公安部で、国際犯罪組織を追っていたという。北条の身を案じた2人は、秘密裏に捜査を開始するが――。シリーズ初の織田と上杉の捜査編。

脳科学捜査官　真田夏希
ストレンジ・ピンク
鳴神響一

神奈川県茅ヶ崎署管内で爆破事件が発生した。捜査本部に招集された心理職特別捜査官の真田夏希は、SNSを通じて容疑者と接触を試みるが、容疑者は正義を掲げ、連続爆破を実行していく。

脳科学捜査官　真田夏希
エピソード・ブラック
鳴神響一

警察庁の織田と神奈川県警根岸分室の上杉。二人には、決して忘れることができない「もうひとりの同期」がいた。彼女の名は五条香里奈。優秀な警察官僚だった彼女は、事故死したはずだった――。

角川文庫ベストセラー

警視庁文書捜査官　麻見和史

警視庁捜査一課文書解読班――文章心理学を学び、文書の内容から筆記者の生まれや性格などを推理する技術が認められて抜擢された鳴海理沙警部補が、右手首が切断された不可解な殺人事件に挑む。

緋色のシグナル
警視庁文書捜査官エピソード・ゼロ　麻見和史

発見された遺体の横には、謎の赤い文字が書かれていた――。「品」「蟲」の文字を解読すべく、所轄の巡査部長・鳴海理沙と捜査一課の国木田が奔走。文書解読班設立前の警視庁を舞台に、理沙の推理が冴える！

永久囚人
警視庁文書捜査官　麻見和史

文字を偏愛する鳴海理沙班長が率いる捜査一課文書解読班。そこへ、ダイイングメッセージの調査依頼が舞い込んできた。ある稀覯本に事件の発端があるとわかり作者を追っていくと、更なる謎が待ち受けていた。

灰の轍
警視庁文書捜査官　麻見和史

遺体の傍に、連続殺人計画のメモが見つかった！　さらに、遺留品の中から、謎の切り貼り文が発見され――。連続殺人を食い止めるため、捜査一課文書解読班を率いる鳴海理沙が、メモと暗号の謎に挑む！

影の斜塔
警視庁文書捜査官　麻見和史

ある殺人事件に関わる男を捜索し所有する文書を入手せよ――。文書解読班の主任、鳴海理沙に、機密命令が下された。手掛かりは1件の目撃情報のみ。班解散の危機と聞き、理沙は全力で事件解明に挑む！

角川文庫ベストセラー

愚者の檻
警視庁文書捜査官
麻見和史

頭を古新聞で包まれ口に金属活字を押し込まれた遺体が発見された。被害者の自宅からは謎の暗号文も見つかり、理沙たち文書解読班は捜査を始める。一方で矢代は岩下管理官に殺人班への異動を持ち掛けられ⁉

銀翼の死角
警視庁文書捜査官
麻見和史

新千歳から羽田へ向かうフライトでハイジャックが発生！　SITが交渉を始めるが、犯人はなぜか推理ゲームを仕掛けてくる。理沙たち文書解読班は理不尽なゲームに勝ち、人質を解放することができるのか⁉

茨の墓標
警視庁文書捜査官
麻見和史

都内で土中から見つかった身元不明の男性の刺殺遺体。そのポケットには不気味な四行詩が残されていた。理沙たち文書解読班は男性の身元と詩の示唆する内容を捜査し始めるが、次々と遺体と詩が見つかり……。

軌跡
今野敏

目黒の商店街付近で起きた難解な殺人事件に、大島刑事と湯島刑事、そして心理調査官の島崎が挑む。（「老婆心」より）警察小説からアクション小説まで、文庫未収録作を厳選したオリジナル短編集。

熱波
今野敏

内閣情報調査室の磯貝竜一は、米軍基地の全面撤去を前提にした都市計画が進む沖縄を訪れた。だがある日、磯貝は台湾マフィアに拉致されそうになる。政府と米軍をも巻き込む事態の行く末は？　長篇小説。

角川文庫ベストセラー

鬼龍　今野　敏

鬼道衆の末裔として、秘密裏に依頼された「亡者祓い」を請け負う鬼龍浩一。企業で起きた不可解な事件の解決に乗り出すが……恐るべき敵の正体は？　長篇エンターテインメント。

陰陽　鬼龍光一シリーズ　今野　敏

若い女性が都内各所で襲われ惨殺される事件が連続して発生。警視庁生活安全部の富野は、殺害現場で謎の男・鬼龍光一と出会う。祓師だという鬼龍に不審を抱く富野。だが、事件は常識では測れないものだった。

憑物　鬼龍光一シリーズ　今野　敏

渋谷のクラブで、15人の男女が互いに殺し合う異常な事件が起きた。さらに、同様の事件が続発するが、その現場には必ず六芒星のマークが残されていた……警視庁の富野と祓師の鬼龍が再び事件に挑む。

豹変　鬼龍光一シリーズ　今野　敏

世田谷の中学校で、3年生の佐田が同級生の石村を刺す事件が起きた。だが、取り調べで佐田は何かに取り憑かれたような言動をして警察署から忽然と消えてしまった——。異色コンビが活躍する長篇警察小説。

殺人ライセンス　今野　敏

高校生が遭遇したオンラインゲーム「殺人ライセンス」。ゲームと同様の事件が現実でも起こった。被害者の名前も同じであり、高校生のキュウは、同級生の父で探偵の男とともに、事件を調べはじめる——。

角川文庫ベストセラー

逸脱
捜査一課・澤村慶司

堂場瞬一

10年前の連続殺人事件を模倣した、新たな殺人事件。県警を嘲笑うかのような犯人の予想外の一手。県警捜査一課の澤村は、上司と激しく対立し孤立を深める中、単身犯人像に迫っていくが……。

天国の罠

堂場瞬一

ジャーナリストの広瀬隆二は、代議士の今井から娘の香奈の行方を捜してほしいと依頼される。彼女の足跡を追ううちに明らかになる男たちの影と、隠された真実とは。警察小説の旗手が描く、社会派サスペンス！

歪
捜査一課・澤村慶司

堂場瞬一

長浦市で発生した2つの殺人事件。無関係かと思われた事件に意外な接点が見つかる。容疑者の男女は高校の同級生で、事件直後に故郷で密会していたのだ。県警捜査一課の澤村は、雪深き東北へ向かうが……。

執着
捜査一課・澤村慶司

堂場瞬一

県警捜査一課から長浦南署への異動が決まった澤村。その赴任署にストーカー被害を訴えていた竹山理彩が、出身地の新潟で焼死体で発見された。澤村は突き動かされるようにひとり新潟へ向かったが……。

黒い紙

堂場瞬一

大手総合商社に届いた、謎の脅迫状。犯人の要求は現金10億円。巨大企業の命運はたった1枚の紙に委ねられた。警察小説の旗手が放つ、企業謀略ミステリ！

角川文庫ベストセラー

十字の記憶　堂場瞬一

新聞社の支局長として20年ぶりに地元に戻ってきた記者の福良孝嗣は、着任早々、殺人事件を取材することになる。だが、その事件は福良の同級生2人との辛い過去をあぶり出すことになる——。

約束の河　堂場瞬一

幼馴染で作家となった今川が謎の死を遂げた。法律事務所所長の北見貴秋は、薬物による記憶障害に苦しみながら、真相を確かめようとする。一方、刑事の藤代は、親友の息子である北見の動向を探っていた——。

砂の家　堂場瞬一

「お父さんが出所しました」大手企業で働く健人に、弁護士から突然の電話が。20年前、母と妹を刺し殺して逮捕された父。「殺人犯の子」として絶望的な日々を送ってきた健人の前に、現れた父は——。

スティングス
特例捜査班　矢月秀作

首都圏を中心に密造銃を使用した連続殺人事件が発生した。警視庁の一之宮祐妃は、自らの進退を賭けて、ある者たちの捜査協力を警視総監に提案。一之宮と集められた4人の男女は、事件を解決できるのか。

鳥の森　矢月秀作

椎堂圭佑は、エリート養成が目的の全寮制高校を脱寮した少年の自殺を未然に防ぎ、立ち直らせた。だが高校にもどった少年は寮生たちに殺害されてしまう。椎堂は少年のため事件の解明に奔走するが……。